THILO BOCK
NILS HEINRICH
ROBERT RESCUE
FRANK SORGE
VOLKER SURMANN
HEIKO WERNING

BRAUSEBOYS

AUF NIMMER WIEDER SEHEN 2021

EIN JAHR WIRD ABGEWÄHLT

SATYR VERLAG

1. Auflage Dezember 2021

in Zusammenarbeit mit dem Satyr Verlag Volker Surmann, Berlin 2021
www.satyr-verlag.de

Cover: Volker Surmann
Fotos: Brauseboys
Druck und Bindung: Prime Rate, Budapest
Printed in Hungary

Die Deutsche Nationalbibliothek verzeichnet diese Publikation in der Deutschen Nationalbibliografie; detaillierte bibliografische Daten sind im Internet abrufbar über: http://dnb.d-nb.de

ISBN: 978-3-947106-56-1

Brauseboys

AUF NIMMERWIEDERSEHEN 2021

INHALT

DOPPELWELLE

DEZEMBER 2020 — MÄRZ 2021

KONFERENZSCHALTUNG DER VIROLOGEN

Volker Surmann

Ja, meine Damen und Herren, da sind wir wieder mit der Halbzeitkonferenz der heutigen Coronaberichterstattung. Es ist wieder extrem spannend, noch ist völlig offen, wer den heutigen Spieltag für sich entscheiden wird, wer übernimmt die Meinungsführung? Wir schalten zum bisherigen Tabellenführer nach Berlin!

Ja, hier in Berlin ist nach wie vor Drosten am Ball. Aber der Tabellenführer schwächelte zuletzt! Wie gewohnt, kommt er über Podcast, das macht er sehr souverän, Drosten erklärt, führt aus, wägt ab. Seine Linie ist nicht immer ganz klar, aber jetzt kommt er in einem längeren Bogen zu Inzidenzzahlen. Weiter zu Lockdown, Schulschließungen, Kita. Drosten, jetzt dribbelt er sich durch eine persönliche Anekdote. Das kann er, das ist seine Stärke! Dieses Menschelnde, damit hat er sich lange Zeit an der Tabellenspitze gehalten, aber was macht er denn jetzt? Drosten blickt zurück zur Spanischen Grippe, oh, und das kann dauern. Wie ist der Stand bei Anne Will?

Hier bei Anne Will läuft sich gerade Melanie Brinkmann warm, die Aufsteigerin des Monats. Im Moment wirft sie noch mit düsteren Szenarien um sich. Jetzt ein äußerst gelungener statistischer Doppelpass mit Michael Meyer-Herrmann, da wirkt sogar Jens Spahn kurz beeindruckt, doch dann wird sie schon von Christian Lindner verbal überrannt. Ein klares

Foul, das von Anne Will leider nicht geahndet wird. Wie steht es in Mainz?

Nun, hier in Mainz riecht es nach zweiter Liga. Im ZDF-Spezial hat sich Ulrike Protzer gerade gegen Lockerungen ausgesprochen, das macht sie sehr souverän, allerdings gelingt es ihr nicht, weitere eigene Akzente zu setzen. Apropos zweite Liga, wie sieht es denn im Abstiegskampf aus? Was macht eigentlich Alexander Kekulé?

Ja, das ist eine Frage, meine Damen und Herren, die er sich wahrscheinlich selber auch stellt. Alexander Kekulé, letztes Jahr noch ganz vorne mit dabei in der infektiologischen Champions League und nun ein Abstiegskandidat auf dem vorletzten wissenschaftlichen Rang. Zuletzt sah man ihn in einem dritten Programm des MDR ein Vakzin erklären.

Mutation in Berlin! Mutation in Berlin!

Berlin! Sie haben eine Mutation! Was macht Drosten?

Drosten deutet auf den Punkt. Drosten führt aus. Und zwar aus dem Wissensstand.

STREEEEEEEEECK!

Aber wir hören, es gibt Neuigkeiten aus Hamburg! Was ist da los?

STREEEECK! STREEECK in Hamburg, bei Markus Lanz. Und da hat er wieder einen rausgehauen! Der Mann, der die zweite Welle nie bezweifelt haben will, der Mann von der Dauerwelle. Mitten im Gegenangriff auf das Virus will er das

Impfsystem wechseln und von Alterspriorisierung umstellen auf Manndeckung der Jüngeren! Hier ist was los auf den Rängen! Die dritte Welle macht La Ola! Da sitzen die Virusmutationen und singen »Hendrik, du hast die Haare schön!« – Was gibt's Neues im ZDF?

Nicht viel Neues aus Mainz, auch Jonas Schmidt-Chanasith hat die Haare schön, bleibt aber ansonsten unauffällig, wie auch schon Sandra Ciesek zuvor in Frankfurt. Fachlich gibt es da überhaupt nix zu meckern, die machen ganz ruhig ihr Ding im defensiven Mittelfeld, klären, was zu klären ist, aber den Krawall, den machen andere, nicht wahr, n-tv?

Wie wahr! Und nicht nur n-tv, auch ARD-extra, Berliner Zeitung! Klaus Stöhr hat die Angriffslust gepackt. Der virologische Superstar, zuvor noch bei der WHO und Novartis unter Vertrag, ist nun zurück im deutschen Fernsehen. Gerade bricht er durch eine Mauer aus Modellrechnungen, das sah nicht unbedingt nach Fairplay aus, wie er sie da über den Haufen geworfen hat, aber ohne die lästige Mathematik hat er jetzt freie Bahn. Aus dem Hintergrund müsste jetzt Stöhr schießen. Stöhr schießt! Treffer! Tosender Jubel von der Ersatzbank der Politik! Ein Stöhrfeuerwerk der Pandemie! Die Mutationen sind alle nicht so schlimm! Was für ein Knaller von Klaus Stöhr! Doch der Jubel ist noch nicht mal abgeklungen, da fragen sich schon alle: Zählt das Ding, oder war das eine glasklare Abseitsposition? Wie sieht es dazu in Lauterbach aus?

Tja, Karl Lauterbach lässt sich in diesem Fernduell nicht aus der Ruhe bringen und beweist mit seinem Konterangriff, dass er nicht nur Gesundheitsökonom und Virologe ist, sondern auch ein ausgezeichneter Ichthyologe: »Nicht alles, was ein Stör rausdrückt, ist gleich Kaviar.« Und wo er recht hat, hat er recht! Ansonsten aber spult er hier ganz routiniert sein Programm ab, wie es sich für einen Interview-Rekordmeister gehört. In seinen besten Zeiten saß er in drei Talkshows gleichzeitig, das hat noch nicht mal Hendrik Streeck geschafft! Wie ist die Situation bei Anne Will?

Meyer-Herrmann ist heute wieder in Topform. Er stemmt ja jeden Morgen ein paar Katastrophenszenarien, noch bevor er eine Kassandra frühstückt. Er und Melanie Brinkmann sind das wohl gnadenloseste Sturmduo dieser Pandemie und mindestens so effektiv wie eine indische Virusmutation. Beide mit extrem harten Fakten auf dem Platz. Meyer-Herrmann nun, er kommt aus der Tiefe des Zahlenraums, legt eine astreine Kurve hin, das ist die perfekte Vorlage! Brinkmann ist zur Stelle, nimmt an und trifft! Da klingelt der R-Wert im Kasten! Unhaltbar für Jens Spahn, der im Tor gerade mit Lockerungsübungen beschäftigt war. Und sofort geht der Blick nach oben, zur Anzeigetafel: Was macht die Inzidenz? Aber ich höre, wir gehen erst mal zum RKI!

Ja, hier gab es nämlich gerade eine Rote Karte, die Referee Lothar Wieler nach wissenschaftlichem Beweis ausgesprochen hat. Weltärztepräsident Frank Ulrich Montgomery wird auf die Tribüne verbannt nach seinem schweren Foul an AstraZeneca. Aber auch in Lauterbach ist was passiert?

Ja, und wie hier was passiert ist! Ein Flitzer! Das hatten wir lange nicht, völlig unbeleckt entblößt er sich da mitten auf dem virologischen Feld! Moment, und den kennen wir doch, das ist doch Hansi Flick! Ein »sogenannter Fußballtrainer« zieht blank auf dem Feld der Virologie und grätscht Karl Lauterbach von den dünnen Beinchen. So was wollen wir lieber nicht sehen, zurück ins Studio!

Ja, meine Damen und Herren, willkommen zurück im Sendezentrum. Sie können die Konferenz in jedem beliebigen Medium ihrer Wahl weiterverfolgen. Wir schalten uns wieder live dazu, wenn es in die Schlussphase dieser Pandemie geht, also in etwa drei bis elf Monaten. Guten Abend.

OROSCHMATZE

Thilo Bock

Wir kennen uns seit Jahren, natürlich nur vom Sehen. Begegnet sind wir uns stets mitten in der Nacht. Ich auf dem Heimweg. Er bei seiner Runde um den Block. Jedes Mal hielten wir beide kurz inne. Er hob den Kopf, ich senkte ihn eher, um dann unsere Wege ins Dunkle fortzusetzen mit gehörigem Abstand zueinander. Das war damals noch keine Pflicht, aber trotzdem irgendwie angebracht.

Wegen Corona bin ich seit Monaten seltener unterwegs und nachts immer zu Hause. Deswegen fielen auch die Begegnungen mit ihm aus. Nun jedoch macht mein Müll einen auf Hund. Er muss möglichst bald raus, egal wie spät es ist. Das sticht gewaltig in der Nase und somit jede Ausgangsbeschränkungen. Mit solch einer Müffeltüte lässt sich das Abstandsgebot ohnehin leicht einhalten. Dann die Überraschung. An den Tonnen steht tatsächlich er – und fühlt sich irgendwie ertappt. Kein Wunder, ist gar nicht seine Zeit. Trotzig hebt er den Kopf. »Ach«, sagt er. »Sieht man sich ooch mal wieder?«

Ich bin überrascht. Nicht nur, weil wir beide nie zuvor ein Wort miteinander gewechselt haben. Vor allem ging ich davon aus, dass ihm die verbale Kommunikation sowieso nicht läge. »Du kannst ja sprechen!«, entfährt es mir daher.

»Wieso sollt ick det nich könn?« Seine Stimme ist weniger rau als in meiner Vorstellung, hätte ich mir zuvor vorstellen können, dass er in der Lage wäre zu sprechen. Er schaut mich provozierend an. »Bloß weil ick 'n Fuchs bin oder wat?«

Stimmt, das vergaß ich zu erwähnen. Mein Gegenüber war und ist ein Fuchs. Ein recht großer Fuchs. Und wohl ein echter Berliner, etwas räudig, aber gut genährt. »Noch nie wat von sprechenden Füchsen jehört?«

»Ehrlich gesagt nicht.«

»Liest du keene Märchen? Und wat is mit Fabeln?«

»Na ja«, sage ich.

»Is nicht schlimm! Lesen ist eh wat für Jäger, diese verdammten Spurensöhne!« Der Fuchs spuckt aus, dann zuckt seine Nase. »Sag mal, ist dit deine Tüte, die so appetitlich duftet?«

»Kann sein. Da ist 'ne Fischdose drin.«

»Na, jib schon rüber. Ick hab voll den Jieper!«

Ich halte ihm die Tüte hin, zögerlich, er aber reißt sie mir aus der Hand und dabei auf. Ihr Inhalt verteilt sich übers Pflaster. Begierig steckt er seine Schnauze mitten rein. Ein paar Schmatzer später guckt er auf. »Du bist ooch so 'n Jenießer, wa?«

Ich hebe die Schultern. »Ja?«

»Ich sach immer: am Müll eenes Menschen erkennste seinen Charakter. Und bei dir: keen unnötiget Grünzeuch. Allet feinste Konservenware.«

»Ehrlich gesagt trenne ich meinen Müll. Und der Bioeimer steht auf'm Balkon. Da habe ich eben nicht dran gedacht. Der muss bestimmt auch mal wieder runter.«

»Wohnste dahinten? Zweeter Stock links? Hab da so wat läuten hörn. Fette Beute, wa?«

»Wo hast du was läuten hören?«

»Na, von die Elstern hier im Kiez! Die fragen sich ooch schon, wat hier eijentlich looft. Sterbt ihr Menschen endlich aus oder wo seid ihr jetze schon zum zweeten Mal alle abjebliem?«

»Homeoffice«, sage ich. »Und auch Heimkneiping. Weil

hier immer noch so 'ne Krankheit kursiert, müssen wieder alle zu Hause bleiben.«

»Ah, davon hat mir meen Cousin erzählt, Fuchsbandwurm!«

»Na, nicht ganz ...«, fange ich an, aber der Fuchs hört mir gar nicht zu. Er ist in meinem Müll auf einen Gnubbel in Schmutzrosa gestoßen. »Kaugummi?« Bevor ich ihm antworten kann, hat er's bereits im Mund. »Interessante Bitternote. Wat issen dit?«

»Ohrenschmalz«, sage ich. »Das ist ein Oropax, damit ich nicht so viel hören muss von meinen Nachbarn, die jetzt ständig zu Hause sind.«

»Ihr Menschen seid echt ulkig druff! Seit ein paar Wochen isses hier doch wieder so unnatürlich ruhig.« Er schmatzt. »Ah, da ist ja noch eener!« Schon hat er das zweite Oropax im Maul.

»Also, dass du so was essen kannst!«

»Man jönnt sich ja sonst nüscht. Meen Cousin war ziemlich enttäuscht, det er nich een Fitzelchen Pommes jefunden hat. Dabei isser extra aus Stralsund anjereist jekommen.«

»Angereist?«

»Ja, mittem RE3. Er meente, war keen Mensch drinne. Nur zwee Alpakas, 'n Wolf und zehn Jänse.«

»Zehn Gänse?!«

»Astreine Reiseverpflegung, wa? Kannste an und für sich nich meckern! Wobei meen Cousin echt 'n Schnösel ist. So 'n Lieferdienstfreak. Immerzu heimische Jänse, na ja, wer will det schon? Und weil bei ihnen jetze die Mülleimer leer bleim, musser halt zur Quelle kommen. Kannst dir ja denken, wie enttäuscht der war, det hier ooch kaum noch wat zu holen ist. Ihr Menschen – und dit sarick dir, weil wir uns schon so langen kennen – ihr müsst echt uffpassen. Wir Tiere ham echt so 'nen Hals von eure Launen! Eenfach so mir nix, dir nix zu Hause bleim und dit zum wiederholten Male – ey, dit jeht nich! Echt nich!«

»Tja«, sage ich. »So richtig viel besser wird's erst mal nicht.«

Der Fuchs sieht mich betroffen an. »Wenn dit so weiterjeht, habta bald mehr Fell auf'm Ku'damm als wie in die Schaufensterauslagen.«

Bedauernd hebe ich die Hände. »Die meisten Menschen shoppen inzwischen online. Falls dir das was sagt.«

»Klar, kenn ick! Also nich persönlich, aber 'n paar Kumpels von mir haben sich chippen lassen. Wenn denen mal die Lust uff Jagen abjeht, bleimse 'n paar Tage liegen bis der Förster ankommt und ihnen 'n Fresspaket bringt.«

»Und du hast so 'nen Chip nicht?«

»Ick doch nich!« Der Fuchs schüttelt sich. »Bin schließlich 'n stolzet Stadttier. Bislang ha'ick immer wat zu futtern jefunden. Und solang ihr eure Mülltonnen weiter jut befüllt ...«

»Kein Problem, versprochen!« Ich wende mich zum Gehen.

»Eene Bitte hätt ick!« Er schaut mich an aus großen dunklen Augen.

»Ja?«

»Nächstet Mal noch mehr von diese delikate Oroschmatze, bitte! Ick sach schon ma danke!«

WHITE WEDDING

Heiko Werning

Schnee! Richtiger Schnee! Nicht die übliche, hauchdünne, nie ganz geschlossene Decke im nassgrauen Matsch, die nach wenigen Stunden oder spätestens am Folgetag wieder verschwunden ist, sondern richtig echter, mehrere Zentimeter hoher, einfach so liegen bleibender Schnee. Soweit ich das von meinem Schreibtisch beim Blick in den Innenhof beurteilen kann. Denn raus gehe ich schon lange nicht mehr.

Ich war nie ein Einfach-so-Rumgeher, ich brauche einen Anlass. Raus zu einem Auftritt. Raus zum Einkaufen. Raus zum Echsen suchen. Fällt alles flach derzeit. Alle Auftritte finden im Stream statt, der bei mir zu Hause aufgenommen wird, Echsen suchen geht wegen pandemisch bedingt fehlender Reisemöglichkeiten nicht, und Einkaufen muss ich nicht mehr, weil meine Frau jetzt auch dauernd zu Hause ist und jede Gelegenheit dankbar nutzt, mal nach draußen zu gehen, während meine Anlassfixiertheit so weitreichend ist, dass ich keinen Anlass mehr darin sehe, rauszugehen, wenn meine Frau es ja sowieso macht, sodass wir hier nicht mal eine Konkurrenz zueinander entwickeln. Nach all den Jahren passen wir immer noch so gut zusammen! Romantik, Süße!

Trotzdem befällt mich eine seltsame Unruhe, wenn Schnee liegt. Alles in mir drängt nach draußen, weil richtiger Schnee so selten ist, weil er immer seltener wird, einzig: Soll ich etwa einfach so draußen durch den Schnee stapfen? Und außerdem: Es gibt noch so viel am Schreibtisch zu tun. Es ist ein bisschen wie dieses Samstagnachtgefühl, unter dem ich in meiner Studentenzeit regelmäßig gelitten habe. Dieses Gefühl, etwas zu verpassen, weil eben alle feiern gehen oder irgendwas unternehmen, ich aber viel lieber einfach zu Hause bleibe und nicht die geringste Lust habe, samstagnachts irgendwohin zu gehen. Dank Lesebühnen und Kindern war mir diese Zerrissenheit entfallen, im Pleistozän meines Emotionshaushalts nur noch als versteinertes Fossil erhalten, aber wenn richtig Schnee fällt, wacht sie plötzlich wieder auf. Ist ja zum Glück nur etwa alle zehn Jahre so.

»Kinder, ihr müsst jetzt mal rausgehen, nach draußen!«, dränge ich die komplett zu Coronacouchkartoffeln mutierten Jungs. Sie schauen mich irritiert an. »Wieso das denn? Draußen liegt Schnee!«, wehren sie meinen Vorschlag mit echtem Entsetzen ab, so als hätte ich verlangt, sie sollten im strömenden Regen draußen spielen gehen. Da muss ich wohl alle meine Argumente in die Waagschale werfen: »Ja, eben!«

Sie schauen nach draußen in die weiße Hinterhofwelt und wirken ehrlich fassungslos. Die Kluft zwischen den Generationen scheint mir manchmal nicht mehr zu überwinden. »Wer weiß, ob ihr das je wieder erleben werdet«, dränge ich. »Außerdem ist Schnee toll. Ihr könnt Schlitten fahren! Schneeballschlachten machen! Schneemänner bauen!«

Die Jungs verweisen auf den Bildschirm, auf dem sie gerade Minecraft spielen. »Machen wir doch schon!«, erklären sie. »Das wird ein Riesenschneemann! Und der steht auch in einem Monat noch!« Sie zeigen auf ein unförmiges, kantiges, weißes Teil, das sie offenbar gerade errichten. Immerhin, sie lassen sich noch inspirieren von der Außenwelt. »Na gut, wir gehen raus«, sagen sie dann zu meiner Überraschung. »Aber nur, wenn du mitkommst!« Sie wissen, wie sie Krisensituationen entschärfen können. Konfliktlösungskompetenz ist so wichtig. Ich seufze und setze mich resignierend wieder an den Schreibtisch.

Gegen Wochenende wird das Winterwetter immer schöner. Es bleibt kalt und weiß, nun wird es auch noch sonnig. Auf Facebook sehe ich anklagende Bilder aus den Berliner Parks, die zeigen, wie Kinder auf Schlitten die Hänge herunterrutschen und wie Eltern am Rand dieser Hänge stehen und dabei womöglich nicht immer ganz die vorgeschriebenen ein Meter fünfzig Mindestabstand einhalten. Gut, denke ich, jetzt wird es wirklich Zeit, dass wir uns auch dazustellen. »Los jetzt, wir gehen Schlitten fahren!«, rufe ich den Kindern zu.

Ich bin ein überzeugter Gegner der Anticoronamaßnahmen. Ja, ich bin ein echter Querdenker. Allerdings denke ich in die andere Richtung quer. Ich finde, der Lockdown müsste viel strenger sein. Eine Mischung aus China und Australien scheint mir der einzig sinnvolle Weg zu sein, mit dieser elenden Pandemie umzugehen. »Aber doch nicht wie China!«, rufen die Leute entsetzt. »Wo bleibt denn da unsere Freiheit!« Das rufen sie im Brustton der Überzeugung. Ich fürchte, die meinen das wirklich ernst. Und nichts kommt ihnen seltsam daran vor, dass in China nicht nur ein Großteil des Landes während der gesamten Pandemie kaum strengere Maßnahmen durchzustehen hatte als wir, sondern dass selbst in Wuhan die Leute seit Monaten wieder dicht gedrängt feiern, in Restaurants sitzen und auf Großveranstaltungen gehen, während wir monatelang nicht mehr als einen haushaltsfremden Menschen treffen dürfen, und Kulturbranche und Gastronomie seit bald einem Jahr mehr oder weniger komplett dicht sind. Aber unsere Freiheit!

Doch die eine Frage ist die nach den politisch gebotenen Maßnahmen, die andere nach dem eigenen Verhalten. Und nichts nervt mich mehr als die Apologeten der persönlichen Verantwortung. Die ihren Nektar daraus ziehen, sich moralisch zu erheben über die Leute, die sich nicht so verhalten, wie sie es für vernünftig halten. Egal ob bei Corona, beim Fliegen oder, sagen wir, beim Essen bestellen.

»Bestellt nicht bei Lieferando!«, ereifern sie sich in der Pandemie. Überhaupt: Takeaway-Essen, verkochte Pampe und pappige Pizza, das sei doch ein gastronomischer Tiefpunkt. Viel besser sei es sowieso, selbst zu kochen. Die taz berichtet über eine Demonstration von zehn Lieferando-Boten, die sich über ihre Arbeitsbedingungen im Winter beschweren und daher zum Boykott von Lieferando aufrufen. Zehn Lieferando-Boten. Klar, kann man drüber berichten. Passiert ja sonst gerade nichts auf der Welt. Aber selbst der taz-Reporterin ist wohl aufgegangen, dass sich vielleicht die Frage aufdrängen könnte, warum sich da nur zehn Gestalten zusammenfinden, weshalb sie die ausbleibenden Massen mit den »Coronamaßnahmen« erklärt. Denn Demonstrationen werden bekanntlich ja nur noch bis zu zehn Menschen erlaubt, woran sich alle penibel halten.

Wenn man in der Diskussion über die schlechten Arbeitsbedingungen der Lieferando-Boten darauf hinweist, dass sie vielleicht auch einfach ihren Job kündigen könnten, wird man von empörten Moralisten der neoliberalen Herzlosigkeit bezichtigt. Die seien ja schließlich darauf angewiesen, die machen das ja nicht aus freien Stücken. Wohlgemerkt: Das sagen dieselben Leute, die fordern, Lieferando zu boykottieren. Denn wenn niemand mehr bei Lieferando bestellt, dann werden die Arbeitsbedingungen dort schier traumhaft werden: Niemand muss mehr über die schneeglatten Straßen schlittern oder in der Kälte bibbernd nach dem richtigen Klingelschildchen suchen. Alle werden schön im Warmen hocken und gemeinsam was Gesundes kochen. Oh Mann. Dass mit dieser Linken keine Revolution zu machen ist, ist ja nichts Neues. Aber ich fürchte, inzwischen ist sie nicht mal mehr für eine Diskussionsrunde im Politikunterricht der Mittelstufe zu gebrauchen.

Die Wirte würden doch auch nur draufzahlen bei Lieferando, höre ich. Genau, deshalb machen sie da ja auch mit. Ihnen bliebe ja nichts anderes übrig, heißt es dann weiter. Ihnen bleibt nichts anderes übrig, als bei einem System mitzumachen, bei dem sie draufzahlen? Bislang war ich immer dagegen, in der Schule Betriebswirtschaft zu unterrichten, aber vielleicht muss ich meine Position dazu noch einmal überdenken.

Um hier kein Missverständnis aufkommen zu lassen: Natürlich ist Lieferando ein Drecksladen. Ein Drecksladen in einem Dreckssystem. Sie nennen es Kapitalismus. Aber der wird sicherlich nicht dadurch überwunden, dass nun eine Horde dünkelhafter Hobbyköche Gastwirten erklärt, wie sie ihre Läden wirtschaftlich zu führen haben, und die armen Lieferando-Boten bemitleidet, während sie sich selbst von Getränke-Hoffmann-Auslieferern die Biosaft-Kisten in die Dachgeschosswohnungen schleppen lassen, bei der Bio Company oder beim Edeka die möglicherweise auch unter noch nicht vollends paradiesischen Bedingungen arbeitenden Kassenkräfte damit nerven, dass sie die Äpfel nicht in Beuteln, sondern übers Band rollend unverpackt aufs Laufband legen, und die ansonsten bereitstehen, nach der Pandemie gleich wieder richtig ins Restaurant zu gehen, um die Gastronomie zu retten. Dorthin also, wo Kellner und Küchenhilfen seit jeher unter tiptop superben Arbeitsbedingungen laufen und klappern.

Man solle sich aber wenigstens nicht einbilden, so lautet dann schließlich ein letztes Argument der Lieferverweigerer, mit seiner Bestellung die darbenden Gastwirte zu unterstützen und somit Gutes zu tun. Nun ist es aber so: Ich esse im Wesentlichen gar nicht, um Gutes zu tun, sondern ich esse, weil ich Hunger habe und weil es schmeckt. Und weil ich nicht gerne selber koche, wenig Zeit habe oder andere Dinge wichtiger finde, und weil mir selbst eine Bringdienstpizza immer noch besser schmeckt als keine Bringdienstpizza, bestelle ich mitunter eben auch. Einfach so. Und meinetwegen darf wirklich sehr gerne jeder so viel, so lange und so komplex kochen, wie er möchte. Auch wenn ich leichte Zweifel habe, ob das der

Berliner Gastro-Szene, an die alle so intensiv denken, wirklich helfen wird. Keinerlei Zweifel allerdings hege ich daran, dass das gastronomische Niveau in Berlin sich ganz bestimmt nicht verbessern wird, wenn Leute wie ich zukünftig selbst zu kochen beginnen.

Da ich also, zusammenfassend, die Moralisierer und Eigenverantwortlichkeitsfetischisten und Anderen-Leuten-Vorschriftenmacher und die sich über einen anderen als ihren eigenen Umgang mit der Pandemie Empörenden für zwar zugegebenermaßen ungefährlichere, aber ähnlich nervtötende Dummbatzen halte wie die Virusrelativierer, Maßnahmenskeptiker und Impfgegner, gehe ich also gerne mit den Kindern in den Volkspark Rehberge.

Der Hang unter dem Rathenaubrunnen ist für Berliner Verhältnisse ein geradezu perfekter Rodelhang. Es ist Sonntagmittag, und es ist gut gefüllt, ohne dass allzu drangvolle Enge herrschte. Sicher, auch hier könnte man anklagende Fotos für Facebook machen. Von unten sieht der obere Rand aus wie eine dicht gedrängte Pinguinkolonie. Wir aber stehen zwischen den Pinguinen oben, und die meisten versuchen, leicht spielerisch und ein bisschen über die Gesamtsituation lachend Abstand zu halten. Man umtänzelt sich ein wenig, die Familiengrüppchen ruckeln immer mal wieder ein paar Schritte seitwärts, wenn sich wieder zu viele angesammelt haben, und ja, einigen ist Corona erkennbar egal, einige Jugendlichengrüppchen machen sich lustig über die Abstandhalter, giggeln und lästern und machen also das, was letztlich die Bestimmung von Jugendlichen ist, aber ohne allzu sehr damit zu nerven, sie wahren eine Grenze. Zusammengenommen sicher weniger Aerosolgefahr als in der U-Bahn oder im gut besuchten Supermarkt, und solange das so ist, freue ich mich an heiter kreischenden und den Berg heruntersausenden Kindern, an fröstelnden Freundesgrüppchen, die dennoch bester

Laune auf der Stelle wippeln im Sonnenschein, natürlich hat irgendwer auch Bier dabei, ist das eigentlich schon wieder erlaubt oder noch nicht? Wen kümmert's?

Wenn wir etwas aus dieser Pandemie mitnehmen, dann hoffentlich die Einsicht, dass man sich situativ angemessen und richtig verhält und irgendwelche Vorschriften Vorschriften sein lässt. Viele glauben, die ganze Coronalage mache die Gesellschaften anfälliger für Diktaturen oder Faschismus. Ich denke, das Gegenteil ist der Fall. Wer wüsste überhaupt noch, welche der bei jeder Ministerpräsidentenkonferenz neu verhandelten und meist Tage später von irgendwelchen Ministerpräsidenten bereits wieder neu interpretierten zahllosen Vorschriften überhaupt gerade gültig sind? Selbst ich als Nachrichtenjunkie könnte das nicht mehr sicher sagen. So macht man eben, was offenkundig angeraten ist: Man rückt nicht zu nah ran an andere, hält kurz den Atem an, wenn irgendwelche Pubertätsopfer betont unverletzlich zu nah an einem vorbeitänzeln, und hier und da nimmt man eben ein Risiko in Kauf.

Den Kindern jedenfalls scheint das Schlittenfahren fast so viel Spaß zu machen wie die Bob-Abfahrt bei Mario Kart, und das ist ja schon mal was. Und ich erfreue mich an der guten Laune der Menschen und dem angefrosteten Raureif auf den Ästchen um uns herum, am blauen Himmel und natürlich an den Mitweddingern.

»Wer jetzt keine Schlitten hat, wird lange unbeschlittet bleiben«, prophezeite Frank Sorge Mitte der Woche, und er sollte recht behalten. Der Weddinger aber braucht keinen Schlitten zum Schlittenfahren. Es treten auf: Ein riesiger, aufblasbarer Donut, auf dem eine ganze Kita-Gruppe Migrantenkids laut grölend den Hang hinabsaust, eine in Plastikfolie gehüllte alte Matratze, auf der ein sehr nach Trinker aussehender, leicht verlebter Mann geradezu auflebt, ein Backblech, auf das eine Hipsterin mit erstaunlicher Eleganz ihren erstaunlich winzigen Hintern drückt, ein Bobbycar mit angebauten Kufen, auf dem irgendein Levin oder Linus oder Jan-Christopher begeistert quiekend davondüst, zwei kleine Rettungsringe, auf denen parallel ein schwules Pärchen wieder und wieder und mit wachsender Begeisterung angelaufen kommt, eine riesige Salatschüssel, aus der ein Sechsjähriger guckt wie Calimero aus seinem Ei (googlen Sie halt, wer das war), und ein studentig wirkender Typ, der sich einen erstaunlich amtlich wirkenden Schlitten aus einer Sternburg-Kiste gebaut hat, die er auf sehr akurat zurechtgesägt wirkende Holzleisten montiert hat, vermutlich gibt es dafür längst vielgeklickte YouTube-Tutorials. Aber mein persönlicher Höhepunkt ist ein offenbar frisch verliebtes, Anfang zwanzigjähriges Pärchen, das einen Rollkoffer dabei hat und ihn aufgeklappt als Paarschlitten nutzt, jeder in seiner Hälfte. Untrennbar verbunden, sausen sie lachend den Hang hinunter.

Um die Mülleimer herum hat sich bereits eine beachtliche Schrotthalde angesammelt. Ich mache ein Handyfoto und könnte mir das Motiv aber auch sehr gut in Öl gemalt vorstellen, Titel: »Was vom Schlitten übrig blieb«. Der Künstlernachbar, mit dessen Familie wir selbstverständlich, wie es sich gehört, coronavorschriftswidrig zusammen hergekommen sind, weigert sich aus unverständlichen Gründen, meinen Vorschlag »Da könntest du doch auch mal was drüber malen« angemessen begeistert zu bejahen, er will lieber weiter vermisste Katzen von Suchbildern porträtieren. Mir egal, mir ging es ja sowieso nur darum, auch mal so was zu sagen, nachdem ich seit zwanzig Jahren beständig höre: »Da könntest du doch auch mal was drüber schreiben!«

Gerne aber würde ich tatsächlich etwas schreiben über ein Buch, das im Schnee an einem kleinen Zaun lehnt: »Getränke der Welt« heißt es, es ist konsequenterweise ein echtes Coffee Table Book, und auf seinem Cover sieht man Longdrinks. Wie kommt das Ding hier hoch? Wollte irgendjemand mit dem Eis eine Cocktailparty feiern? Hat jemand in dem Müll, den er als Schlittenersatz aus dem Keller geborgen hat, noch zufällig diesen Drei-Kilo-Klopper gefunden? Es ist so schön, manche Dinge nie zu erfahren. So schillern sie wie der Schnee in der Nachmittagssonne.

Auf dem Rückweg machen wir den Umweg über den Plötzensee, auch dort ein großes Gewimmel um und auf dem Eis. Die Feuerwehr warnt dringend vor dem Betreten, und sie hat sicherlich recht damit, aber schön ist es doch, wie glücklich und begeistert die Leute dort herumsausen. So soll bitte das Eis einfach nicht brechen, dafür aber eine Lanze für die fröhliche Unvernunft. Ein Nackter rennt an uns vorbei und springt mit großem Schwung und ohne eine Millisekunde zu zögern in ein eisfreies Loch, ich schwanke zwischen Bewunderung und Entsetzen hin und her. Ich schüttele den Kopf über seinen Leichtsinn, ich finde es cool, dass er es trotzdem tut, und ich weiß, dass ich es im Leben nicht machen wollte, selbst wenn es keinerlei Bedenken gäbe. Noch einen drauf setzen allerdings sechs Gestalten eine eisfreie Stelle weiter. Sie stehen da nämlich im Wasser, recken die Arme in die Höhe und machen gar nichts. Festgefroren? Nein, irgendeine Meditation. Eisyoga. Oder eine Kunstperformance als Satire auf Eisyoga? Ach, was weiß ich, das Leben ist so vielgestaltig. Auf jeden Fall ist es ein sensationell schräger Anblick, und auf eine seltsame Weise macht er mir erstaunlich gute Laune.

Als wir zurück nach Hause gehen, kommen wir an einer Schneefläche zwischen Straße und Gehweg vorbei, auf die jemand erstaunlich kunstvoll »I love you, Ayshe«, also mit dem Love-Herzchen zwischen I und you, in den Schnee … ich gehe näher heran und gucke noch mal genauer: ja, doch, kein Zweifel: … in den Schnee gepinkelt hat. Der Wedding, ein Traum in Weiß.

SO WAR DAS FRÜHER

Frank Sorge

Bald gehen meine Kinder zur Schule. Das ist so ein Satz, den ich nicht einmal seit dem letzten Jahr hinterfragt hätte. Denn es ist ja so, wenn man in das Alter kommt, dass man zur Schule muss. Nur, ob sie die Schule bei Schulbeginn überhaupt zu Gesicht bekommen werden, und ob das Einüben eines Schulweges, den man nicht geht, sinnvoll ist, – ob sie also wirklich zur Schule ›gehen‹ werden – das sind ganz neue Fragen. Sollten wir gleich Tablets anschaffen oder bei der Auswahl der Schreibtische, die sie bald bekommen sollen, den Platz für den Monitor, die Tastatur und die Webcam mit Mikrofon gleich mitbedenken? Wenn wir die gigantisch teuren Schulranzen weglassen, können wir uns das locker leisten.

Wenn ich an meinen eigenen Schulbeginn denke, ist es absurd, was sie in der digitalen Welt jetzt schon beherrschen. Es bleibt absurd, auch wenn man bedenkt, dass es zu meinem Schulbeginn das Digitale selbst eigentlich noch nicht gab. Das erste digitale Gerät in meinem Besitz war meine Casio-Uhr, da war ich das erste Mal ›early adopter‹. Mein Sohn fragte mich vor ein paar Tagen, womit ich als Kind eigentlich gespielt habe. Ich hatte Glück, dass er in der Badewanne saß und sich ausreichend beschäftigen konnte, während ich lange und mit sehr stark zusammengefalteter Stirn nachdachte.

»Ein Postschalter«, sagte ich schließlich. »In deinem Alter, vielleicht zu Weihnachten, habe ich einen Postschalter bekommen, mit dem ich gerne gespielt habe.« Im Gesicht meines Sohnes pure Ratlosigkeit.

»Das war zum Aufstellen, wie ein Puppentheater, ich meine einen Tresen an der Post, wo man auch Bankgeschäfte erledigen konnte.«

Noch mehr Ratlosigkeit, alles fremde, verlorene Konzepte. Die klassischen Postfilialen und -häuser hier im Wedding wurden vor langem geschlossen, und die letzten Orte der Post meidet man aus gutem Grund. Bankgeschäfte machten wir mittlerweile ausschließlich online.

»So ähnlich wie ein Kaufmannsladen, wie bei eurer Kusine. Ein Verkaufsstand, und es war eine Postmütze dabei, einfach als Verkleidung. Besonders faszinierten mich aber die Formulare, die ich gerne ausgefüllt habe, Quittungen für Geldeinzahlungen, oder man konnte sich irgendwie auch Geld schicken. Wenn Verwandte zu Besuch waren, habe ich die abgeklappert, und die konnten alle bei mir Geld einzahlen. Also bei der Post. Das lief ganz gut!«

Er hat wohl nur einen Bruchteil davon verstanden, aber wir haben auch einfach überhaupt keine Überweisungsträger mehr in der Wohnung, keine Schecks oder Scheckeinreichungsformulare. Irgendwo liegt hier noch ein Scheck vom Salbader, der einzigen literarischen Institution weltweit, die noch mit Schecks ausbezahlt, den könnte ich mal suchen und mit ihm exemplarisch zur Bank tragen. Wenn es die Filiale noch gibt, hier in der Müllerstraße, keine Ahnung, war sehr lange nicht mehr da. Aber jetzt endlich habe ich die zündende Idee zur Erklärung.

»Wie bei Animal Crossing, im Service Center. Oder beim alten Animal Crossing, da war doch die Post, wo dieser Briefträger immer weggeflogen ist.«

Das ist endlich etwas, woran er anknüpfen kann. Ihre Vorschule ist die Spielekonsole, und das ist natürlich auch etwas der Pandemie geschuldet, aber eigentlich finde ich es auch richtig so. Da lernen sie was fürs Leben, das sie erwartet. Wir haben erst das alte Animal Crossing auf dem GameCube gespielt, jetzt seit einer Weile das neue. Da stecken mindestens zwanzig bis fünfzig Jahre Gesellschaftswissen drin und dazwischen.

»Und da konnte man auch Geld einzahlen, in dem Posthaus, erinnerst du dich? Genau so war das früher.«

Es könnte jetzt natürlich sein, dass er sich die Vergangenheit seiner Eltern in dieser alten Pixeloptik vorstellt. Später erzählt er dann Freunden, wir hätten früher bei Nook's Laden gearbeitet und gemeinsam in einem Dorf gewohnt.

»Ich hatte aber auch Kuscheltiere wie ihr«, erzähle ich, was mir noch einfällt. Es ist erschreckend wenig. »Ich weiß aber nicht mehr, was die für Namen hatten, oder was aus ihnen geworden ist. Mein Bruder und ich hatten riesige Gorillas, aber genau die hatten nie Namen. Aber dann hatte ich Lego, sehr viel und sehr lange.«

Er sieht auf, denn dieses Spielzeug ist gut gealtert, bald wird es vielleicht auch hier mit uns einziehen. Seine Kusine, so fällt ihm jetzt ein, hat die Mighty Pups als Lego Game auf der Switch.

»Ja, genau«, sage ich. »So ähnlich war das.«

BESUCH IN DER HEIMAT

Robert Rescue

War klar, dass mein Bruder einen Eklat auslösen würde, als er im März 2021 in der Eingangshalle des Flughafens Düsseldorf ein Schaf in die Luft sprengte. Er hätte das besser draußen auf dem Parkplatz machen sollen oder, besser noch, nach der einstündigen Fahrt nach Hause. Dann wäre das niemandem aufgefallen bzw. da hätten die Leute gewusst, willkommener Besuch ist eingetroffen. Aber natürlich erweckte es den Argwohn der Sicherheitskräfte, als er ein Schaf ins Terminal führte, diesem dann eine Stange Dynamit rektal einführte, ein Feuerzeug zündete und sich dann schnellen Schrittes wegbewegte. Ja, und dann flogen die Gedärme durch die Gegend. Ein Willkommensritual für seinen geliebten Bruder aus der großen Stadt, hatte mein Bruder den alarmierten Polizisten erklärt. Daran sei doch nichts Schlimmes. Die Ordnungshüter sahen das anders und vor allem der Besitzer des Parfümerie-Shops, vor dem er das Schaf »gehorkt« hatte. »Horken«, so wird das Sprengen in meiner Heimat genannt. Na ja, jetzt muss er ein Bußgeld zahlen und die Reinigung des Terminals. Das mit der Reinigung wollte er zunächst nicht einsehen, denn die Reste »gehorkter« Schafe werden dort gelassen, wo sie gesprengt wurden, und dienen als Aas.

Als wir zu Hause ankamen, hat er gleich noch mal ein Schaf »gehorkt«. Da kam die ganze Nachbarschaft zusammen und wir haben uns begrüßt und ein paar Flaschen Schnaps geleert.

Am nächsten Tag besuchten wir das »Friedspringen«. In

meiner Heimatstadt steht die Ruine der Stammburg eines bedeutenden europäischen Herrscherhauses. Burgfried und Palas wurden von diesem vor vielen Jahren renoviert, aber von dem Rest sind nur noch zerfallene Mauern übrig. Seit Jahrzehnten ist es Tradition, an einem Tag im Jahr das »Friedspringen« zu veranstalten. Bestimmte Personen, die im Laufe eines Jahres unangenehm aufgefallen waren, wie beispielsweise durch Arbeitslosigkeit, Spionagetätigkeit, Poetentum, linke politische Ansichten, intellektuelles Verhalten sowie Angehörige der Berufsgruppen Schafzüchter und Adlige wurden eingekerkert und bekamen am Tag des »Friedspringens« die Gelegenheit, ihre Freiheit wiederzuerlangen und in den Kreis der Gemeinschaft aufgenommen zu werden, wenn sie den Sprung überlebten. Von den Zinnen des Bergfriedes bis zum Asphalt des Parkplatzes lagen 23 Meter und es gab auf dem Weg nach unten nichts, an dem man sich festhalten konnte. Hin und wieder ist es schon vorgekommen, dass jemand überlebt hat, etwa durch günstige Winde, eine spezielle Abrolltechnik oder das Einwirken göttlicher Kräfte, aber glückliche Fügung hin oder her, der Missetäter erlitt dennoch so gravierende Verletzungen, dass ihm das weitere Leben keinen Spaß mehr machte. Immerhin waren diejenigen von ihren Sünden reingewaschen und mussten selbst bei Wiederholung ihrer Verbrechen nicht befürchten, erneut zum Sprung antreten zu müssen, auch wenn viele von ihnen regelrecht darum bettelten.

Später fuhr mein Bruder noch am Bahnhof vorbei. Der war saniert worden, aber an der runden Stelle davor mit dem Kopfsteinpflaster und der Eiche in der Mitte war nichts gemacht worden. Noch immer befand sich um die Eiche eine kreisförmige Holzbank, auf der wir Kinder oft gesessen hatten und Ausschau hielten nach Agenten der Sowjetunion oder arbeitsscheuem Gesindel. Die Stelle galt als Tabu für Straßenbauarbeiten, weil sich darunter ein Massengrab russischer

Kriegsgefangener befand. Die Bürger befürchteten die Rache von Untoten, die man durch Bauarbeiten befreien würde und die dann die Gehirne der Leute auffräßen. Es handelte sich um keine Gedenkstätte, das Wissen um die Besonderheit des Ortes war allein den Ansässigen vorbehalten.

Die Kriegsgefangenen gehörten zum Verladebahnhof, den die Wehrmacht dort zum Panzertransport betrieben hatte. Die Funktion des Bahnhofes wurde nach dem Krieg von den Amerikanern übernommen. Aber nicht nur Panzer wurden dort verladen, sondern angeblich auch Atomraketen. Es hielt sich das Gerücht, dass meine Heimat in Moskau auf einer Top-Ten-Liste der zuerst zu vernichtenden Orte Westdeutschlands im Falle eines Dritten Weltkrieges stand. Als Kinder auf der Holzbank an der Eiche beobachteten wir hin und wieder auffällige Personen im Trenchcoat, die in der Nähe des Bahnhofs standen und eine Tasche in Krokodillederoptik so merkwürdig hielten, als würden sie heimlich etwas fotografieren. Wir liefen nach Hause und berichteten den Eltern, dass ein Russe am Bahnhof spioniere. Die Väter rotteten sich zusammen und wenn sie den Spion erwischen konnten, wurde dieser nicht etwa den Amerikanern oder der Polizei übergeben, sondern in einen Keller gesperrt, damit er sich beim nächsten »Friedspringen« beweisen konnte.

Irgendwann haben die Stadtoberen diese braune Unterrichtungstafel an der Autobahn, die eigentlich auf den landschaftlichen Charakter meiner Heimat aufmerksam machen sollte mit einem Hinweis auf die Besonderheit als primäres Angriffsziel im Falle eines Dritten Weltkrieges, überklebt, um Touristen anzulocken. Das funktionierte solange, bis einer vom Verband der deutschen Schafzüchter hier Urlaub machen wollte und auf das »Horken« aufmerksam wurde. In der Verbandszeitschrift schrieb er dann was von »Tierquälerei«, was wiederum andere Presse anlockte.

Bald meldeten sich auch Vertreter des bedeutenden europäischen Herrscherhauses und forderten, das »Friedspringen« zu beenden. Die Einheimischen machten daraufhin ein »Thing« und beschlossen, Schafzüchter und Adlige als persona non grata zu ächten und sie bei Habhaftwerdung dem »Friedspringen« zuzuführen.

Am Schluss haben wir noch einen Abstecher auf die Lay gemacht. Das ist ein massiver Felsen über dem Fluss, auf dem der Überlieferung nach früher Menschenopfer dargebracht wurden. Außerdem soll er die Spitze von Atlantis sein, ein magischer Kraftort der Germanen, und manche sind überzeugt, dass irgendwo im Felsen Excalibur steckt. Ufos wurden dort selbstverständlich auch schon häufig gesichtet. Vor der Lay erstrecken sich weite Felder, und dort soll am Kriegsende ein SS-Bataillon gelagert haben, was eine Formation amerikanischer Bomber dazu brachte, ihre Bombenlast auf die im Tal gelegene Stadt abzuwerfen, was viele zivile Opfer kostete. Bis heute fragen wir uns, warum die Amis nicht das SS-Bataillon bombardiert haben, da hätte es nämlich die Richtigen getroffen, auch wegen der russischen Kriegsgefangenen. Einige behaupten, das Bataillon habe auf der Lay nur eine Pause eingelegt, weil der Major einen Strauß Blumen für seine Frau pflücken wollte.

Mein Bruder hat mich dann zum Flughafen zurückgefahren und auf der Zufahrt gehalten, um ein Schaf zu »horken«. Wir haben uns zum Abschied umarmt, und ich hatte eine Träne im Auge. Es war wieder ein sehr gelungener Besuch in der Heimat gewesen, und ich bin jetzt schon in freudiger Erwartung auf das nächste »Friedspringen«.

LOCKDOWNMUSIK: ALEXANDRA

Nils Heinrich

Liebe Musikfeinschmecker, hier kommt wieder ein Beitrag aus der Reihe »Nilsis Lockdownmusik – die singende, klingende Willkürmaßnahme zur Niederschlagung gewaltsamer Aufstände innerhalb der Familie«.

Wie ihr vermutlich schon mitbekommen habt, wird unser guter alter Bekannter, der Lockdown, verlängert. Die Zahlen gehen nicht runter (danke Querdenker, Wintersportler, illegale Raver), der Impfstoff wird nicht mehr (danke Bundesregierung, danke EU), also bleiben wir schön zu Hause, damit wir nicht am Beatmungsgerät landen – ihr kennt das. Schule zu, Kita zu, Homeoffice offen. Wie kann man also in der eng besiedelten Wohnung Frieden schaffen ohne Waffen?

Da entscheide ich mich doch heute mal für Alexandra und ihre Best-of-CD »Zigeunerjunge«. Unter diesem Titel wäre die Scheibe im Jahr 2021 nur noch in Thor-Steinar-Geschäften im Vogtland verkäuflich. In allen anderen Läden, die noch CDs führen, hieße sie aus Tribut an Klimawandel, Waldrodungen und Greta sicherlich »Mein Freund der Baum«.

Alle 18 Songs der schwermütigen CD erinnern uns an die schöne Zeit in Ostpreußen. Damals ritten wir auf dem Wallach zum Pferdemarkt. Im Sommer spannten wir die Gäule vor die Kutsche, die uns zum Urlaub in die Puszta fuhr. Diese CD weckt alle unsere Erinnerungen an die Zeit ohne Strom und fließend warmes Wasser. Feuchte Äcker, faulige Kartoffeln, nasser Nebel, ausgebombte Altstädte und die gesamte

Ostfront – alles wird vor unseren feuchten Augen lebendig. Natürlich bestechen die düsteren Klassiker auf dieser Scheibe durch ihren hohen Gehalt an Molltönen. Da baden die Synapsen in Selbstmitleid – perfekter kann ein Montag nicht starten.

Doch Vorsicht: Diese Musik sollte wirklich nur im äußersten Notfall (Kratzen, Beißen, »Du bist blöd, ich hasse dich«-Beschimpfungen der Kinder durch die Eltern) zum Einsatz kommen. Am besten jedoch gar nicht. Und wenn doch, dann nur mit gestellter Eieruhr, die dem Drama nach 60 Minuten ein Ende bereitet. Man wird den Weltschmerz sonst genauso wenig los wie eine Heroinsucht. Am Ende will man dann nur noch Billie Eilish hören, obwohl man deutlich älter ist als 15.

Generell ist äußerste Vorsicht geboten mit der selbstzerstörerischen Musik von Mitgliedern des »Klub 27«, dem neben Kurt Cobain, Janis Joplin, Jimi Hendrix, Brian Jones und Jim Morrison auch Alexandra angehört.

HAUPTSACHE WIND

Heiko Werning

Ein Jahr Stream-Jubiläum. Ein Jahr Coronakrise. Wenn man versuchte, diese Zeit in einem Bild zu verdichten, dann käme ein metergroßer, 85 Kilo schwerer Metalltrumm mit einer Art Schornstein, der mit 65 Dezibel vor sich hin dröhnt, dabei heraus.

Vier solcher Kästen wurden in der letzten Woche an der Schule meiner Söhne angeliefert. Jetzt fragen Sie sich sicher, was das sein sollte: ein alter Braunkohleofen? Eine Kunstinstallation des Brutalismus oder des Industrialismus? Oder einfach nur die schon lange versprochenen WLAN-Router?

Nein, natürlich nicht. Bei dem Monstrum handelt es sich um eine Belüftungsanlage. Zwar 85 Kilo schwer, aber doch ganz unvermittelt plötzlich in der Schule aufgetaucht. Oder, um die Schulleiterin zu zitieren, die uns in ihrem Elternbrief schonend die Situation beibrachte: »Die Senatsverwaltung hat auf die Luftreinigungsproblematik reagiert und für die Berliner Schulen entsprechende Geräte beschafft. Unserer Schule wurden am vergangenen Mittwoch überraschenderweise vier der abgebildeten Filteranlagen geliefert. Das Foto vermittelt Ihnen ungefähr, über welche stattliche Größe diese Geräte verfügen.« Drei Sätze von schillernder Schönheit. »Die Senatsverwaltung hat auf die Luftreinigungsproblematik reagiert und für die Berliner Schulen entsprechende Geräte beschafft« – exakt ein Jahr nach Beginn des ersten Lockdowns, ungefähr zehn Monate, nachdem allmählich klar wurde, dass die Infektion auch über Aerosole in der Luft übertragen wird, weshalb der Aufenthalt in geschlossenen Räumen, also sagen wir mal zum Beispiel in Klassenräumen, besonders riskant ist, nach einem Jahr, in dem die Kinder gerade einmal fünf Monate lang zur Schule gehen konnten, und in zwei von diesen fünf Monaten in Schals und mitgebrachten Decken gemummelt dasaßen, weil auch im November und in der ersten Dezemberhälfte noch bei geöffneten Fenstern unterrichtet wurde, nach einem Jahr, in dem Milliardenbeträge zur Rettung von Fluggesellschaften ausgegeben wurden, damit die Lufthansa ihren Piloten wenigstens noch klägliche 15.000 Euro Kurzarbeitergeld bezahlen konnte, nach einem Jahr, an dessen Ende aufgrund einer viel zu laschen Lockdown-Politik, um nur ja die Wirtschaft zu schonen, die Infektionszahlen nicht etwa gegen null gedrückt worden sind, sondern fröhlich in die Höhe schießen, unter anderem, weil ein Teil der Kinder jetzt eben nun mal wieder zur Schule geschickt wird, obwohl es kein funktionierendes Testsystem gibt – genau da kommt also endlich die rettende Hilfe. In Form von vier Belüftungsanlagen für eine Schule mit fast 1.000 Kindern, die, Satz zwei, »am vergangenen Mittwoch überraschenderweise geliefert« wurden. Überraschenderweise, klar, denn in der Hektik kann man natürlich nicht auch daran denken, die vorher bei der Schule anzumelden. »Wir können ja schließlich nicht an alles denken!«, werden sie sich bei der Senatsverwaltung gedacht haben. »Wir hatten schließlich schon alle Hände voll zu tun, die Dinger in Jahresfrist zu organisieren.« Und so stelle ich mir vor, wie zwei Möbelpacker am vergangenen Mittwoch beim Pankower Gymnasium vorfahren, irgendeine über den Schulhof irrende Lehrerin fragen: »Sagen Sie, ist das hier zufällig das Walter-Ulbricht-Gymnasium?«, und nachdem die das bejaht hat, mit der Sackkarre die laubenpieperlaubengroßen Monstren heranrollen und der Lehrerin dann zurufen: »Und? Wo sollen wir die

Dinger hinstellen?« Und dann haben sie sie in die Eingangshalle gewuchtet, wo sie nun wie festgemeißelt stehen, denn, Satz drei: »Das Foto vermittelt Ihnen ungefähr, über welche stattliche Größe diese Geräte verfügen.« Allerdings: stattlich.

So stattlich, dass an einen Einsatz in einem Klassenzimmer gar nicht erst zu denken ist, denn da müssen ja zusätzlich zu den Belüftern auch noch Schüler mit rein. Oder mit den Worten der Direktorin: »Die Geräte diesen Ausmaßes, zumal mit einem Gewicht von 85 kg und einer Lautstärke von 65 db bei Volllast, werden wir vermutlich nicht in Klassenräumen zum Einsatz bringen können. Wir müssten aus den normalen Klassenräumen dafür einen Tisch entfernen.« Mindestens. Wenn halt nicht auch gleich die Schüler, denn 65 db entspricht nach den gängigen Geräuschabschätzungstabellen »Kantinenlärm« oder »Nähmaschine« oder »Fernseher in Zimmerlautstärke«, und man ahnt ja, wie gut es sich bei laufendem Fernseher oder laufender Nähmaschine oder in der voll besetzten Kantine lernen und unterrichten lässt. Aber zum Glück ist die Direktorin findig: »Wir testen nun, inwiefern die Geräte in der Aula oder der Turnhalle oder der Mensa zum Einsatz kommen können, ohne eine Klausur, den Unterricht oder eine andere Veranstaltung akustisch zu beeinträchtigen.« Mit anderen Worten: Man sucht fieberhaft nach einem Ort, wo man die Monstren entsorgen könnte, ohne dass sie allzu viel Schaden anrichten.

Denn Schaden richten sie sowieso an: »Zudem ist die Wartung halbjährig auszuführen, und diese wird den Schuletat um ca. 3.000 Euro pro Haushaltsjahr schmälern. Auf Nachfrage im Rahmen einer Schulleitungssitzung bestätigte der Bildungsstadtrat Dr. Kühne, dass den Schulen dafür keine zusätzlichen Mittel zur Verfügung gestellt werden.« 3.000 Euro. Dafür könnte man sechs moderne, mucksmäuschenstille Luftreiniger kaufen, die überhaupt keine Wartungskosten verursachen. So wie unser Gerät, dass wir uns als gemeinsame Anschaffung von Brauseboys und Reformbühne Heim & Welt für unser Streaming-Studio – vulgo: mein Büro – gekauft haben.

Zugegeben: Ein bisschen merkwürdig ist das ja schon. Unser Apparat hat 400 Euro gekostet und verspricht eine Luftreinigung von 97 Prozent in bis zu 20 Quadratmeter großen Räumen. Wir haben es Filtrud genannt. Filtrud ist nicht sehr laut. Genauer: Sie macht überhaupt kein Geräusch. Sie steht einfach nur da rum. Angeblich ballert sie mit ihren Strahlenkanonen pro Minute Abermillionen elektrisch negativ geladener Ionen in die Luft, die sich dann an die Viren pappen und sie ebenfalls elektrisch aufladen, und dann werden sie von einem großen Pluspol an Filtruds Seite angezogen und dort unschädlich an der Wand zerschmettert. Das klingt sehr eindrucksvoll. Ionenkanonen! Millionen elektrisch geladener Teilchen ballern durch den Raum! Zerschmettert! Toll! Leider sieht man nichts davon. Filtrud sieht aus wie ein Kunststoffzylinder. Sie macht keinen Mucks. Damit man überhaupt glaubt, dass da irgendwas passiert, haben die Hersteller blaue Lämpchen eingebaut. Jetzt strahlt sie schön futuristisch bläulich ins Studio. Das sieht auch ein bisschen wie Science Fiction aus – blau strahlende, transparente Zylinder, die halt irgendwo rumstehen. Wie auf der Enterprise. Aber letztlich muss man eben einfach dran glauben, dass da was passiert. Und seien wir ehrlich: Bei Belüftungsanlagen, die der Berliner Senat liefert – wer würde bei denen daran glauben, dass die etwas machen, wenn sie nur still im Raum stünden? Wahrscheinlich hat der Senat sich deshalb gedacht: Dann nehmen wir mal so richtige Oschis, da sieht und hört man wenigstens auch richtig was! Damit jeder merkt, wie toll der Berliner Senat seinen Schulen hilft, soll das ganze Gebäude wackeln, wenn die Dinger angeschmissen werden! Zum Glück hatten die Eltern schon vor Monaten in Eigeninitiative 21 Raumlüfter gekauft, die sich sogar für den Einsatz in Räumen eignen.

Ein Jahr Stream-Jubiläum. Ein Jahr Coronakrise. Wenn

man versuchte, diese Zeit irgendwie zusammenzufassen, zu verdichten, zu einer Conclusio zu kommen, dann sähe das Ergebnis am ehesten so aus, wie diese stattliche Belüftungsanlage für eine ganz normale Berliner Schule.

POLONAISE HYPOTHESE

Thilo Bock

Bekanntlich entfiel 2021 die fünfte Jahreszeit ersatzlos. Nach dem vorjährigen Superspreaderevent im Kreis Heinsberg, der legendären »Kappensitzung« in Langbroich-Harzelt, finden Polonaisen bloß noch auf Coronaleugner-Demos statt und führen bisweilen direkt in die Lungenklinik. Ein bisschen Schwund muss eben sein.

In einer Zeit, in der Masken zum alltäglichen Mainstream-Modeaccessoire geworden sind, müssen sich notorische Närrinnen und Narren was Neues einfallen lassen. Denn wir losse uns dat Fiere nich vermiese. Ta-taa, ta-taa, ta-taaa!

Feiern in der Videokonferenz

Was für Schule und Büro gilt, kann bei Partys nicht verkehrt sein. Nach Homeschooling und Homeoffice kommt nun Heimfeiering. Stubenhocking statt Stunksitzung. Sämtliche Büttenreden sind dieses Jahr nicht nur wie gewohnt humorarm, sondern zudem absolut aerosolfrei. Die Feiernden treffen sich im virtuellen Partykeller. Das spart Mühe bei der Kostümierung, da man lediglich obenrum verkleidet sein muss. Selten war es leichter, die Dame ohne Unterleib darzustellen. Piraten ersparen sich die obligatorische Beinamputation, Teufelchen die Fußverklumpung, und Zentauren brauchen keinen Pferdekörper.

Karneval geht zumeist einher mit allgemeiner Enthemmung. Der Papst tanzt im Kettenhemd, der Chef mit der Zimmerpalme, und Erwin fasst der Heidi von hinten an die Schulter. Ja, da kommt Freude auf. Viele brauchen das Kostüm, um mal richtig aus sich rausgehen zu können. Was schwierig sein kann bei einem aktuellen Bewegungsradius von 15 Kilometern.

Außerdem ist Obacht geboten vor zu viel Enthemmung! Es sind Ihre eigenen Dielenritzen, aus denen Sie die Konfetti pulen müssen, und Ihre Zimmerpflanzen, in die Sie dieses Jahr urinieren! Der Heimweg vom Schreibtisch ins Bett ist indes leichter zu bewerkstelligen als sonst. Statt in den Straßengraben fallen Sie im schlimmsten Fall in den Schuhschrank. Sollte es Ihnen dennoch gelingen, morgens in einem für Sie fremden Bett aufzuwachen, ist dies ein guter Anlass, sich endlich selbst kennenzulernen.

Die systemrelevante Party

Sie wollen nicht auf die physische Anwesenheit Ihrer Mitfeiernden verzichten? Dann verkleiden Sie doch Ihr Fest als unabdingbare Angelegenheit, die trotz harter Coronamaßnahmen unbemerkt bleibt. Ziehen Sie mit Gleichgesinnten als Wanderbaustelle stundenlang um den Block! Kostümieren Sie sich dabei als Pylonen, Leitbaken und Absperrschranken, aber besser nicht als Bauarbeiter! Es dürfte auffallen, wenn auf einer nervenden Baustelle tatsächlich mal gearbeitet wird. Andererseits ließe sich in diesem Fall die unverzichtbare Stimmungsmusik mittels Rüttelrammen und röhrenden Betonmischmaschinen übertönen.

Straßenkarneval ist nichts für Sie? Dann feiern Sie einfach als Bürogemeinschaft. Sollte Ihnen die Vorstellung seltsam vorkommen, auch privat Arbeit vortäuschen zu müssen, wählen Sie einfach eine fachfremde Profession. Das Finanzamt wird zur Werbeagentur, das Architekturbüro ein Callcenter, die Arztpraxis macht einen auf Anwaltskanzlei. Leicht lässt sich auch eine Coronateststation simulieren. Das gegenseitige Herumgestochere im Nasenrachenraum ist eine prickelnde Alternative zum zwanglosen Engtanz mit anschließendem Brüderschafttrinken.

Aber Achtung: Nur mit Menschen feiern, mit denen Sie sich eine anschließende zweiwöchige häusliche Isolierung vorstellen können!

Solotänzer unter sich

Sie lieben Feten, ertragen Ihre Mitmenschen jedoch selten länger als fünf Minuten? Dann ist die Karnevalssession 2020/21 Ihre Zeit. Rücken Sie sämtliche Möbel zur Seite und tanzen Sie kontaktlos und ausgelassen durch die Wohnung, ohne sich Gedanken machen zu müssen, was andere über Ihre Hampeleien denken. Niemand wird Ihnen am Büfett die letzte Bulette vor der Nase wegmopsen, und die Bowle müssen Sie auch nicht strecken. Mit der können Sie sich ganz allein abschießen. Machen Sie es sich zudem bei der Kostümierung einfach und gehen als Eva oder Adam! Das geht sogar ohne Feigenblatt.

Und jenseits jeglicher Diskussion können Sie den ganzen Abend das gleiche Lied laufen lassen, »Viva Colonia«, bis Ihre Nachbarn den Text auswendig können. Damit diese Sie nicht für verschroben und einsam halten, sollten Sie die Anwesenheit weiterer Gäste simulieren, indem Sie mit festem Schuhwerk durchs Zimmer springen, in verschiedenen Tonlagen johlen und kreischen sowie in unregelmäßigen Abständen Gläser gegen die Wand werfen. In Zukunft wird man Sie für einen tollen Hecht halten, der auf staatliche Maßnahmen pfeift.

Sollte Polizei bei Ihnen klingeln, können Sie, nackt und allein wie sie sind, vorgeben, bereits geschlafen zu haben. Die laute Musik lenke Sie lediglich von der inneren Stille ab und ließe Sie so besser Ruhe finden. Eine Aussage, die die Beamten irritieren könnte. Und wer irritiert ist, fragt selten nach.

Vorsicht nur vor psychologisch geschulten Einsatzkräften, sonst enden Sie wie Elvis. Der hat seinen Tod 1977 auch nur fingiert und lebt seitdem abwechselnd auf Kostümpartys, Doppelgängerwettbewerben und in Heilanstalten, um nicht als er selbst erkannt zu werden.

Die Könnte-Kostümierung

Die Idee, auf Teufel komm raus Karneval feiern zu wollen, gefällt Ihnen, es indes bleiben zu lassen, behagt Ihnen um einiges mehr? Kein Kater, kein Lachen über schlechte Witze und auch kein Sex mit der Ex des hässlichen Typen, der unter den Couchtisch gekotzt hat, und die Ihnen am nächsten Morgen erzählt, die Ähnlichkeit mit diesem sei frappierend, vor allem bezüglich Ihrer Virilität.

Kostümiert als abstraktes Gedankenkonstrukt, können Sie das alles vermeiden. Schwelgen Sie weiter in Ihren theoretischen Überlegungen und vergegenwärtigen Sie sich, dass Karneval seit jeher eher was für Deko-Ultras ist, die ihre überbordende Phantasie nicht anderweitig ausleben können, während Sie gewiss noch etwas Knäckebrot und stilles Heilwasser im Vorratskeller haben, in den Sie regelmäßig hinabsteigen, um mal so richtig schön ablachen zu können über die von Geschmacksverstärkern und naturidentischen Aromastoffen vergiftete Welt.

Feingeister wie Sie wissen es einfach besser und planen im Voraus. 2022 könnten Sie wieder Karneval feiern mit einer zünftigen Polonaise Hypothese. Das Kostüm haben Sie bereits im Kopf: Sie werden als Konjunktiv kommen – hätte, hätte, Paillette.

Doch passen Sie auf: Maskenmuffel müssen stets ihr wahres Gesicht zeigen.

VERZEIHUNG

Frank Sorge

Erziehung ist sehr wichtig, auch wenn Pandemie ist. Für Kinder jedenfalls gilt das, für Erwachsene ist Erziehung außerdem sehr wichtig, weil Pandemie ist. Bei Kindern legt man etwas an, damit sie später gut und vernünftig handeln können, bei Erwachsenen ist dieser Zug schon abgefahren, denn später ist jetzt schon.

Beim Einkaufen beobachte ich ein Rentnerpärchen. Während sie geschäftig Dinge begutachtet und einsammelt, schnieft und hüstelt er tatenlos in der Nähe des Einkaufswagens. Der Rotz scheint ihm zu laufen, er atmet schwer in die Maske. Mir stellt sich unweigerlich die komplizierte Frage: Warum? Warum ist er nicht zu Hause geblieben, warum tut er sich und uns das an, seine Erkältung während einer Erkältungspandemie in den Supermarkt zu tragen – der einzige Ort, an dem man überhaupt noch was erleben kann? »Weil er die Taschen tragen muss«, vermutet eine Freundin. »Er ist halt gut erzogen und hilft seiner Frau.«

Uns zu Hause ist das gemeinsame Essen wichtig, der familiäre Mittags- oder Abendbrottisch, Zeit für Austausch und Erziehung zu Geduld und Aufmerksamkeit. Man wartet, bis alle sitzen, man springt nicht auf, nur weil man selbst mit dem Essen fertig ist. Außerdem hört man sich mal zu, was sonst nicht so einfach ist. Denn üblicherweise reden alle durcheinander und gleichzeitig. Kurze Pausen gibt es bei meiner Tochter mitunter nur, um zwischen den Sätzen auch mal zu atmen, und wenn ihr Bruder in der Atempause zu einem Satz ansetzt, wird er schon durch den nächsten Satz weggebügelt. Sichtlich verärgert lässt er sich so das zweite Mal unterbrechen, bis ich eingreife und darauf hinweise, dass sie ihn doch auch einmal aussprechen lassen soll.

»Genau«, sagt mein Sohn. »Halt die Klappe.«

»Hey, hey, junger Mann«, sage ich wiederum. »So nicht, das ist sehr unhöflich!«

»Okay«, seufzt er und schaut auf seinen Teller. »Halt bitte die Klappe!«

»Schon besser!«, sagen wir diplomatisch.

Die Erfahrungen mit anderen Kindern können sehr unterschiedlich sein. Zum Teil scheint es uns, dass Kitafreunde in der Zeit ohne Kita verlernt haben, dass es auch andere Kinder gibt. Statt also nachzufragen, ob sie auch mal auf dem Spielzeugpferd reiten dürfen, schubsen sie das andere Kind einfach runter. Das gibt sich aber schnell wieder, stellen wir fest, der Kontakt zu den anderen heilt innerhalb weniger Tage.

Beneidenswert, denke ich, während ich mir vorstelle, wie wir Erwachsenen irgendwann uns mal wieder näherkommen. Ein paar Tage werden da nicht reichen. Manche hat man ganz abgeschrieben, andere hält man für komplett durchgedreht. Wieder andere hat man aus den Social-Media-Freundeslisten geschmissen, weil sie neurechter Propaganda verfallen sind und man die wirklich nicht sehen muss. Aber die Menschen dahinter, mag man die auch nie mehr sehen?

Man wünscht sich fast, die eigenen Eltern würden sich einschalten und sagen: Junge, jetzt reiß dich zusammen, und meld dich mal bei dem oder der. Man lässt sich nicht im Regen stehen – so was. Kann man sich auch selbst sagen, aber da fehlt letztlich der Nachdruck.

»In ein paar Monaten werden wir einander wahrscheinlich viel verzeihen müssen«, ist so ziemlich das Gesündeste, was Jens Spahn im letzten Jahr gesagt hat, aber als Vater von Vorschülern weiß ich, dass davor mindestens noch eine Entschuldigung stehen sollte. Da so ein paar Monate ja immer schneller vorbei sind, als einem lieb ist, sollten wir vielleicht bei dieser Sache wirklich einmal planvoll vorgehen. Wie wäre es mit einem Fest der Versöhnung – besser wohl einer ganzen Woche – bundesweit. Wir könnten uns alle in so Ketten aufstellen, gegenüber, dann schüttelt man sich die Hand, sagt »Entschuldigung« und rückt einen weiter.

Findige Grafikdesigner könnten schon jetzt in die Produktion von Verzeihenskarten gehen – vollgepackt mit sich umarmenden Pinguinen, im Knäuel herumtollenden Katzen und Papageienpärchen, die sich sanft aneinander anlehnen. Musiker und Schriftsteller können außerdem Werke der Verzeihung bei einer Zahlstelle melden und für jedes positiv konstruktive Stück 1.000 Euro Nichtauftrittsentschädigung bekommen. Bezahlt von anderen Branchen, die unverhältnismäßig profitiert haben, aber auch geknüpft daran, wenigstens »Danke schön« zu sagen. Verzeihung ist keine Einbahnstraße.

Terminlich sollte diese Woche allerdings frühestens rund um den 3. Oktober diesen Jahres stattfinden, nach der Bundestagswahl. Da passt das mit der Verzeihung vielleicht am besten. Meinen Kindern sage ich jedenfalls auch immer, es nur zu sagen, was man sagen sollte, reicht nicht. Man muss es auch meinen.

CHRISTENVERFOLGUNG

Heiko Werning

Ein ganz normal erscheinendes Mietshaus inmitten ganz normaler Mietshäuser im Berliner Wedding. Fassade mit Spätkauf, Friseursalon, ein libanesischer Imbiss, ein dubioser Spielautomatenladen mit dem schönen Namen »Abendgymnasium« – und ein Christencafé. Wie es hier nun mal so ist. Hinter der Fassade: ein erbitterter Kampf zwischen zwei Widerstandsgruppen. Dazwischen: eine kleine Lesebühne, die auch im Lockdown ihrer Arbeit und Berufung nachzugehen versucht.

Wobei es natürlich schon generell etwas skurril ist, dass das Echsenstudio Wedding Tür an Tür liegt mit dem Headquarter von »Palmblatt-Medien«. Während wir Woche für Woche mit Humor im Geist der Aufklärung nach draußen streamen, sitzen nebenan, nur fünf Meter Luftlinie entfernt die Christen, die in heiligem Ernst gegen Maskenträger, Naturwissenschaftler und Schwule agitieren. Während wir uns im Echsenstudio unter Einhaltung sämtlicher Vorsichtsmaßnahmen treffen, mit Masken bei An- und Abreise, Schnelltests, Abstand und unserem Luftreiniger Filtrud, ballen sich nebenan die Christen in Scharen ohne Masken, ohne Abstand und vor allem ohne Anstand. Wenn so eine Christenrotte vor der Haustür steht und man hindurch will, kann man die Arme heben, wie man will, und sie teilen sich doch nicht wie einst das Rote Meer, sondern grinsen einen nur blöde und unmaskiert an. Ansonsten halten sie Mahnwachen gegen die Coronadiktatur vor dem Bundestag ab oder feiern Seancen im blickdicht verrammelten Christencafé.

Seit Neuem bieten sie auch noch der Querdenkerpartei »Die Basis« Unterschlupf. Die Basis! Es ist dieselbe Idiotie wie bei den ganzen »Wir sind das Volk«-Trotteln, die immer von sich glauben, ihre Quatschansichten seien irgendwie die der schweigenden Mehrheit oder eben einer herbeihalluzinierten Basis. Aber warum sollte eine schweigende Mehrheit sich ausgerechnet von solchen Vollpfosten in der Öffentlichkeit vertreten lassen wollen? Da wäre mir ja sogar eine Coronadiktatur erheblich lieber. Leider funktioniert diese Diktatur aber genauso gut wie die Impf- und Testkampagne, also gar nicht. Mit Deutschland geht es echt vor die Hunde. Wenn wir nicht mal mehr eine Diktatur ordentlich hinkriegen – was bleibt uns denn dann noch?

Jedenfalls treffen sich bei uns also regelmäßig die Widerstandschristen und gehen allen anderen Hausbewohnern zunehmend auf die Nerven, die sich zunächst mit Aushängen zu wehren versuchten, auf denen sie forderten, die Christen mögen sich bitte coronakonform verhalten und sich nicht von Youtube-Videos, sondern von im Fachgebiet forschenden Wissenschaftlern informieren lassen. Was natürlich Unsinn ist, denn wer sich unter einer Coronadiktatur geknechtet sieht, für den sind Forscher auch nur Systemmarionetten, weshalb sie sich irgendwelche abgelegten Zausel als Gewährsleute suchen, bei denen sie dann aber plötzlich ganz stolz darauf sind, wenn die zufällig auch noch einen akademischen Titel haben. Einfache Faustregel: Ein Professorentitel ist immer nur dann ein Beleg für große Seriosität, wenn der zugehörige Professor eine gänzlich andere Meinung als alle anderen Professoren vertritt, während der Professorentitel bei der Mehrheit der Professoren ein Beleg dafür ist, dass es sich um Systemmarionetten handelt. So geht Querdenken.

Weil die Aushänge erwartungsgemäß keinerlei Wirkung zeigten, weil die Papiercontainer im Hof seit Wochen mit Christen-Impfgegnerbroschüren-Verpackungen zugemüllt sind und weil die Christen den Eingang mit sich und ihren Aerosolen vollmachen, hat sich inzwischen echter Widerstand gegen die Christen im Widerstand gebildet. Und jetzt hat einer der Widerstand-gegen-den-Widerstandskämpfer die Polizei gerufen, wie ich per Messenger erfahre. Es reiche ihm, sich dauernd durch die blöd feixende Horde dieser Volltrottel zu zwängen, schreibt er mir. Die Polizei habe gesagt, sie habe eigens eine Coronastreife für solche Fälle, und die sei gleich da.

Schön. Endlich tut mal jemand was gegen diese offenkundig illegalen Versammlungen. Die ja ganz anders sind als unsere direkt daneben stattfindenden legalen Versammlungen der Lesebühnen, aber ... – verdammt. In einer halben Stunde beginnen die Brauseboys. Unser Brausegirls-Abend. Thilo Bock hat zur Feier des Tages ein Weddinger Eschenbräu-Bierfässchen mitgebracht, wir sitzen zu fünft bereit, wir wollen wie immer lesen und klatschen – und das, während direkt vor der Studiotür die Coronastreife nach illegalen Zusammenkünften fahndet? Ich fasse diese Überlegung mit folgender Nachricht an den Widerstand-gegen-den-Widerstandskämpfer zusammen: »Bist du irre? Wir haben hier gleich Brauseboys!«

»Oh«, messengert es zurück. »Tut mir leid, da hatte ich nicht dran gedacht. Dann seid mal lieber schön leise, wenn ihr kein zusätzliches Showelement wollt.«

Allerdings. Die Aufgabe, der Weddinger Coronastreife zu vermitteln, dass es sich um unsere reguläre Arbeit handelt, wenn wir hier mit einem Bierfass abends zu fünft zusammensitzen und Frank an seiner Ukulele spielt, erscheint mir plötzlich einigermaßen herausfordernd. Und das, obwohl wir das sogar in Absprache mit der Berliner Kultursenatsverwaltung machen. Aber wie sollten wir das beweisen? Auch wenn es sicherlich ein belebendes Element im Livestream sein könnte, ahnte ich aufgrund meiner Erfahrungen mit der Polizei, dass das Ganze mit Unannehmlichkeiten einhergehen könnte.

Der Widerstand-gegen-den-Widerstandskämpfer verspricht, uns auf dem Laufenden zu halten, er könne von oben alles gut sehen und habe außerdem zwei Mitstreiter vorne auf der Seestraße platziert. Die im Übrigen gerade vermelden, dass die Coronastreife jetzt eingetroffen sei und vor der Haustür stehe. Verdammt. Jetzt müssen wir handeln, die Show geht gleich los.

»Thilo und ich können doch nach oben zu Robert gehen«, schlägt Volker vor, denn Kollege Robert Rescue wohnt im zweiten Stock quasi direkt über dem Echsenstudio. »Wir warten dann oben bei Robert, bis sie weg sind. Wenn nur Heiko und Frank hier sind, ist es ja kein Problem.«

Das ist ein guter Plan, finden wir. Bis auf Robert. »Das geht nicht. Bei mir ist nicht aufgeräumt«, sagt er bestimmt.

»Na und?«, fragt Thilo. »Das stört uns nicht.«

Doch Robert bleibt unerbittlich: »Mich aber. Ich bin nicht auf Besuch eingerichtet. Besuch muss sich bei mir grundsätzlich eine Woche vorher anmelden, damit ich mich entsprechend darauf einstellen kann.«

»Robert, hier kommen gleich die Cops und werden von dir wissen wollen, warum du hier mit vier Leuten um ein Bierfass herumsitzt, bist du darauf etwa eingestellt?«

Robert sieht unglücklich in die Runde. »Nein, nicht direkt. Das war so nicht geplant. Das ist nicht gut. Ich hasse es, wenn alles so ungeplant abläuft. Ich verlange Ordnung. Recht und Ordnung.«

»Ja, deshalb lass uns mal lieber fix abhauen, bevor die Ordnungshüter kommen«, drängt Volker.

»Sie kommen jetzt rein«, textete es aus dem Messenger.

Robert brummt: »Beide Möglichkeiten sind ungeplante Aktionen, was ich zutiefst verabscheue. Wir brauchen eine Alternative. Dann gehen wir eben raus in den zweiten Hinterhof.«

Thilo und Volker schauen Robert fassungslos an. »Wir sollen jetzt womöglich eine Stunde oder so draußen im Garten rumstehen, bei null Grad und Schneeregen, während du zwei Stockwerke höher eine gut geheizte, trockene Wohnung hast, in der wir gemütlich sitzen und uns die Show angucken könnten?« Volker will es nicht glauben.

»Aber bei mir ist nicht aufgeräumt«, beharrt Robert.

»Die Cops kommen jetzt in den Innenhof und stehen gleich bei euch vorm Fenster«, vermeldet der Messenger.

»Los, raus hier«, knurre ich. Thilo und Volker schnappen sich Robert und zerren ihn hoch in den zweiten Stock.

Ich beginne derweil mit einer eher geflüsterten Startmoderation. Brausegirls-Abend, fünf tolle Kolleginnen im Zoom, 70 Leute sehen zu, wir müssen irgendwie anfangen.

»Die Cops gehen jetzt vorne zu den Christen und klopfen dort«, meldet der Messenger. Allerdings haben die Christen zwei Eingänge: den offiziellen vorne zur Seestraße und die Hintertür zu mir in den Seitenflügel. Während Masha Potempa ein erstes wunderbares Lied singt, höre ich wildes Getrappel im Seitenflügel. Offenbar flüchten dutzende Christen panisch durch den Hinterausgang.

»Verdammt, die Christen hauen ab!«, meldet der Messenger. »Sie verstecken sich jetzt im Seitenflügel und im Hinterhaus.«

Im Hinterhaus? Da wohnt doch Rescue. Hoffentlich verliert der nicht die Nerven, wenn sich jetzt ganz ungeplant auch noch Christen vor seiner Wohnungstür verschanzen. Hinterher heißt es dann wieder: Die Nachbarn haben ihn stets als unauffälligen und ruhigen Typen beschrieben.

Der Messenger meldet: »Ich stehe hier am Fenster und bejubele die Christenverfolgung. Wie weit ist es bloß mit uns gekommen!« In dieser Nacht, denke ich, werden viele neue, kleine Sophie Scholls geboren.

Die Coronastreife verhandelt im Flur mit den verbliebenen Christen, die sich auf ihre Parteiversammlung berufen, wie der Widerstand-gegen-den-Widerstandskämpfer schreibt. Von den verbliebenen Parteichristen hätten viele ein Attest dabei, das besage, dass sie leider aus medizinischen Gründen keine Masken tragen können. Offenbar ist die christliche Basis gesundheitlich etwas angeschlagen. Eine Bande von Maladen, Gebrechlichen und Atemwegserkrankten, die sich da im Namen des Herrn versammelt. Es wird wohl Gottes Plan gewesen sein, gerade sie körperlich so zu strafen.

Dann ziehen die Cops sich zurück. »Die Christen fließen jetzt in kleinen Grüppchen ab nach draußen«, vermeldet der Messenger nach einer Weile. Der Spuk scheint vorbei. »Ihr könnt wieder runterkommen«, schreibe ich den Kollegen.

Als sie wieder reinkommen, berichtet Thilo: »Es war total aufgeräumt bei Robert!«

Robert schaut uns ungerührt an: »Natürlich. Bei mir ist immer aufgeräumt. Aber ich hatte das vorher nicht überprüft. Ich überprüfe sonst immer mehrmals hintereinander die Wohnung, ob alles richtig aufgeräumt ist, bevor ich Besuch empfange. Es hätte ja sein können, dass etwas nicht richtig aufgeräumt gewesen wäre!«

»Ist ja noch mal gut gegangen«, beruhigt Frank ihn.

Gleich ist Susanne Riedel dran. Schnell zapft Frank uns allen noch ein Glas Bier, während wir ihrer famosen Geschichte lauschen. Endlich können wir unserer Arbeit ungestört nachgehen.

IMPFOFFENSIVE

APRIL – JUNI 2021

MEHR MASSNAHMEN

Frank Sorge

Ich stelle mir manchmal vor, draußen wäre statt Pandemie Krieg. Dann geht es irgendwie. Herumsausende Kugeln, Atomexplosionen, Laserstrahlen außerirdischer Invasoren, das wären insgesamt mehr Sorgen auf dem Weg zum Supermarkt. Unsere Mutanten speien keine Säure aus scharfzahnbewehrten Mündern, wir können sie mit Nadelstichen besiegen. Wir haben Glück! Wenn Maßnahmen Wirkung zeigen, macht mir das Hoffnung, vielleicht lernen wir doch etwas. Nach diesem Lockdown könnte man gleich noch einen gegen die Klimakatastrophe machen. Ich würde auch weiter Masken tragen, zum Beispiel gegen Rassismus, und gab es nicht mal die Vorstellung von einem Krieg, der ausfällt, weil alle zu Hause bleiben? Außerdem, liebe Pharmaunternehmen, die im aktuellen Rennen zurückgeblieben sind, wir bräuchten auch Impfstoffe gegen Gier, Propaganda, und ... wartet kurz, die Liste wird noch etwas länger.

Jahrelang die Maßnahmen nicht loswerden, da wissen auch alle mal, wie man sich im Hartz-4-Leistungsbezug fühlt. Nur dass man da die Maßnahmen macht, um genug andere Leute beschäftigt zu halten. Ein Jobcentermaßnahme ist paradoxerweise vor allem Arbeitsbeschaffung für die, die sie durchführen und betreuen, da ist die Quote sogar bei 100 Prozent. Einhundert Prozent der Menschen, die eine Maßnahme durchführen, sind in Lohn und Brot. Die dafür rekrutierten Sklaven des Prozesses (keine Mitwirkung, keine Kohle), ohne die das Ganze auffliegen würde, nennt man aber in Umkehrung der Lage

»Kunden«, schön mit Schleife dran. Ob das für die was bringt, darf zumindest bei den mir bekannten Maßnahmen bezweifelt werden. Machen muss man sie trotzdem.

Ich kann mir jedenfalls gut einen Menschen vorstellen, der seit Jahren mit Jobcentermaßnahmen zu tun hat, und dann jetzt, wegen Coronapandemie, das Wort »Maßnahme« nicht mehr hören kann. Auch gut kann ich mir einen Menschen vorstellen, der das Wort attraktiv findet, weil er sonst nie damit zu tun hatte. Weil alles immer so selbstbestimmt war. Selbst hat man nie Maßnahmen gemacht, man nannte das immer viel schöner »Projekte«. Aber so ein bisschen Zwang, das fühlt man jetzt, kann einen ja auch anspornen. Also »Mehr Maßnahmen« bitte, das hilft nicht nur gegen das Virus, sondern auch zur Selbstoptimierung. Endlich weiß man mal, was man vorher eigentlich nicht gebraucht hat. Im Endeffekt wird man eine Menge streichen, was vormals viel Zeit gekostet hat, und dann auch gar nicht mehr vermissen. Das Virus und unsere Maßnahmen als Katalysator des Humankapitals. Vor allem Rechte und Neoliberale sehen darin wohl leider die falsche Chance, eine richtig unmenschlich-menschliche Marktbereinigung stellen die sich offenbar vor, survival of the fittest, auch wegen der Altersverteilung. Ich würde an deren Stelle aber noch einmal nachdenken – nicht, dass sich am Ende doch herausstellt, dass jemand anderes viel fitter ist, als man selbst.

Es ist Teil der Evolution, dass Varianten sich durchsetzen können, nur wissen die alle nicht vorher, welche es denn nun eigentlich sein werden. Da hat man sich gut eingerichtet, mit einem SUV, das panzerverglast ist, mit Eigenheim und eigenem Atomreaktor im Keller, mit Aktien (Gold-, Waffen-, Immobiliengeschäfte), die gut platziert sind, und Kindern, die gut in der Upper class platziert sind. Da kommen plötzlich riesige Mutanten, die aus scharfzahnbewehrten Mündern Säure spritzen, und trampeln alles kaputt.

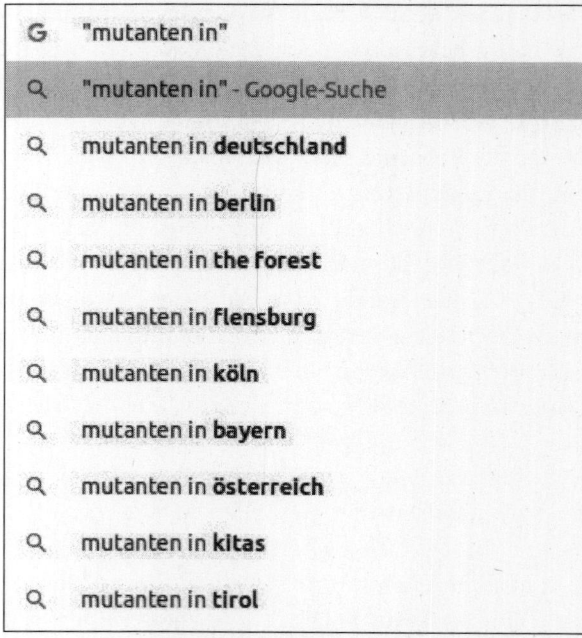

(Google-Suche, Frühjahr)

Dass die Mutanten allesamt T-Shirts mit dem aufgedruckten Che Guevara tragen, muss als Laune der Natur gewertet werden. Es hätte auch alles anders kommen können.

Und weil alles auch anders kommen kann, braucht es mehr Maßnahmen. Nicht in der Breite, sondern im Detail braucht es viel spezifischere Maßnahmen. Da muss bis in die Tiefe verästelt geregelt sein, was wer wie beitragen soll, darf, kann und soll, immer zweifelsfrei formuliert, um es uns nicht so schwer zu machen – und das muss auch so transparent sein, dass auch wirklich bei allen auffällt, wenn sie sich nicht dran halten. Darauf kommt es nämlich eigentlich an. Kaputt gemacht wird das Konstrukt durch die, die sich an nichts halten. Sicherheit hat man nur mit zielgenauen Maßnahmen, zum Beispiel mit mehr Polizei, die alles kontrolliert. Menschen und Mutanten. Da darf man nicht grundsätzlich unterscheiden, nur weil die einen grün sind und Säure aus scharfzahnbewehrten Mündern und so, die müssen nicht automatisch weniger rechtstreu sein. Mutanten-Profiling sollte unbedingt vermieden werden, die besten Regeln sind strenge, die für alle gelten. Keiner darf nichts, das wäre eigentlich am besten.

Wenn die Maßnahme Impfung heißt, bin ich sehr dafür, mehr dieser Maßnahmen durchzuführen. Die verunsichert sind wegen der Impfstoffe sollten wirklich gegen Friseurtermine, Kinderbetreuung und Umzugshilfe tauschen dürfen. Ich könnte anbieten, etwas vorzulesen.

DER IMPFLING

Heiko Werning

Heute ist er also, der große Tag. Der Impftag. Ich werde Impfling. Was für ein schönes Wort. Mit den Kindern höre ich gerade das Hörbuch »Der Endling«, das vom letzten Vertreter seiner ausgestorbenen Sippe handelt. Das ist auch sehr schön, auch wenn man vermuten könnte, der Endling sei halt der querdenkende Bruder vom Impfling und die Geschichte spiele auf der Intensivstation.

Jedenfalls werde ich heute Impfling. Obwohl das eigentlich für mich kein neuer Status ist, denn ich habe bislang jede Gelegenheit genutzt, meinen Körper in ein Antikörper-Flaggschiff zu verwandeln, und von Gelbfieber- bis zu Hepatitis-Impfungen alles mitgenommen, was ich in mich reinspritzen lassen konnte. Trotzdem bin ich nun glatt ein bisschen aufgeregt.

Ich fand den Anfang der Pandemie geradezu traumatisch. Diese bizarren ersten Monate im Lockdown. Unsere eigene Ratlosigkeit bei den Lesebühnen-Livestreams. Die Ungewissheit, wann es wieder auf die Bühne geht. »Wir laden alle abgesagten Gäste erst für den Herbst wieder ein«, beschlossen wir, »dann sind wir auf der ganz, ganz sicheren Seite.« Nur Jakob Hein guckte etwas skeptisch: »Es ist doch völlig klar, dass erst alles wieder normal wird, wenn es eine Impfung gibt.« Das war Anfang Mai 2020.

Genau ein Jahr später werde ich nun also Impfling. Eine große Erleichterung. Ich will dieses Virus nämlich partout nicht haben. Ich weiß, viele sind da offener gegenüber neuen

Erfahrungen, aber ich bleibe lieber in meiner kleinen Spießerwelt und verzichte auf solche gerade angesagten Modetrends. Mir reicht die klassische fiebrige Erkältung als gelegentliche Viruserkrankung völlig aus, die hat's doch früher auch getan, wozu braucht man da jetzt noch Covid? Irgendetwas sagt mir, dass ich, nicht zuletzt aufgrund meiner Gewichtsklasse, besser die Finger davon lassen sollte.

Und deshalb werde ich seit Wochen immer nervöser. Das ganze Jahr über bin ich einigermaßen entspannt mit dem Infektionsrisiko umgegangen, aber jetzt gehe ich manchmal schon extra raus an den Briefkasten oder zur Mülltonne, um danach endlich wieder einen Grund zu haben, mir gründlich die Hände zu desinfizieren. Bloß jetzt nichts mehr falsch machen auf den letzten Metern! Ich will nicht der sein, der Anfang Mai 45 noch vom Russen erwischt wird.

Huch, habe ich gerade russische Soldaten mit einem todbringenden Virus verglichen? Ja, habe ich. Aber natürlich ironisch. Als Politiker oder fernsehkommentierender Sportler müsste ich jetzt wohl zurücktreten. Aber zum Glück bin ich nur Lesebühnenautor und kann deshalb sagen, was ich will, mit den Stilmitteln, die mir gerade passen. Das ist schon sehr schön. Gut, dafür interessiert es auch praktisch niemanden. Das ist nicht ganz so schön. Aber euch, die ihr uns zuhört und lest, euch interessiert es eben doch. Ein bisschen zumindest. Zumindest wenn gleich wieder einer von den Lustigen liest, Ahne oder Volker oder Spider oder Thilo. Aber die lassen mich immerhin mitmachen, und dafür habe ich sie lieb. Und ihr da draußen hört trotz allem zu, und dafür habe ich euch auch lieb. Und ihr überweist uns Geld, zum Beispiel per Paypal an hutspende@brauseboys.de, und dafür habe ich euch noch ein bisschen lieber und sage ganz unironisch: Danke! Danke, dass ihr uns seit über einem Jahr durch diese Pandemie bringt. Es hätten gerne ein paar Dutzend oder Hundert oder Millionen

Leute mehr zuschauen dürfen, sicherlich, aber dann hätte ich den Witz mit der armen Seele, die im Mai 45 noch vom Russen erwischt wird, bestimmt nicht machen können oder müsste jetzt zurücktreten oder würde, schlimmer noch, von Boris Palmer verteidigt oder in Tweets von Hans-Georg Maaßen gelobt, und das will ja auch niemand. Also ist es schon irgendwie auch in Ordnung, dass ihr nicht 30 Millionen wart an all diesen Donnerstagen im Echsenstudio, sondern immer nur 30. Aber Ihr seid die besten 30 Streamzuschauer gewesen, die wir jemals hatten! Wenn wir am Ende doch einigermaßen glimpflich durch diese elende Pandemie gekommen sein werden, dann lag das auch an euch!

Allerdings werde ich auch nur dann glimpflich durch die Pandemie gekommen sein, wenn mich nicht jetzt noch das verdammte Virus erwischt, und so bin ich also aufgeregt wie ein I-Männchen, weil es nun endlich losgeht mit der Impfung. Und I-Männchen trifft es eigentlich ganz gut, schließlich bin ich ja nun Impfling.

Seit drei Tagen gehe ich mit wachsender Nervosität die Checkliste der Impfeinladung durch. Mich quält die Angst, ich könnte etwas vergessen. Ich bin da leider anfällig für. Ein abgelaufener Reisepass am Tag vor dem Abflug. Ein verlorener Internationaler Führerschein, kurz bevor ich in Chile einen Mietwagen übernehmen sollte, wofür man aus rätselhaften Gründen zwingend einen Internationalen Führerschein braucht. Einmal habe ich mir sogar bei einer USA-Reise einen falschen Termin für den Rückflug gemerkt. Nur durch blanken Zufall bin ich noch nach Hause gekommen. Weil Dan Richter mir geschrieben hatte, dass ich beim Kantinenlesen am Samstag bitte den Hintereingang zur Alten Kantine benutzten solle. Da hatte ich überlegt, wieso ich denn beim Kantinenlesen sein sollte, wo ich doch um die Zeit gerade erst ins Flugzeug nach Hause einsteigen würde? Da habe ich doch mal kurz aufs Flugticket geguckt, um dann festzustellen, dass 20 Stunden später der Check-in war, und zwar an einem Flughafen, von dem ich noch geschlagene 1.000 Kilometer entfernt unter einem prächtigen Saguaro-Kaktus gerade erst mein Zelt aufgeschlagen hatte.

Ich bin also etwas nervös in Sachen Impfung. Ich habe panische Angst davor, dass ich am Ende irgendwas falsch mache, und dann ist der Impftermin weg, und wer weiß, wann es mir gelingen wird, einen neuen zu ergattern. Nicht, dass ich Edler mit mRNA-Berechtigung mich am Ende noch mit dem Pöbel um die letzten Dosen AstraZeneca prügeln muss! Also, nichts gegen AstraZeneca. Einige meiner besten Freunde sind AstraZeneca. Ich hätte ja sogar bedenkenlos Sputnik genommen, damit mich am Ende nicht doch noch der Russe erwischt. Aber wo ich doch nun schon mal einen Moderna-Termin habe, will ich jetzt gefälligst auch den guten Stoff.

Ich traute mich daher nicht mal, die Datenschutzbelehrung wegzuwerfen, weil in der Impfeinladung steht, man müsse die Impfeinladung zur Impfung mitbringen, und die Datenschutzbelehrung war ja unzweifelhaft Teil des Impfeinladungsbriefes, und am Ende wird irgendein irrer Bürokratenarsch im Impfzentrum mich wieder nach Hause schicken, wenn ich die Impfeinladung nicht vollständig dabei habe. Das mag überspannt klingen, aber nach 50 Jahren auf diesem Planeten habe ich so meine Erfahrungen.

Ort und Zeit konnte man sich aussuchen bei Doctolib. Ich hätte ja gerne das Erika-Heß-Eisstadion genommen. Ich stehe halt ein bisschen auf Lokalpatriotismus, wo ich doch schon den normalen Patriotismus nicht leiden kann. Es hätte mir gefallen, im Wedding geimpft zu werden. Leider gab es nur in Tegel noch freie Termine. Auch gut, denn ich stehe auch auf Symbolismus, und in Tegel war die Pandemie für mich losgegangen, als ich den letzten Flug von Texas nach Berlin gerade noch bekommen hatte, bevor der Luftverkehr zusammenbrach. Als ich dann ausstieg, stand ich nicht nur auf dem Rollfeld in Tegel, sondern in einer anderen Welt, denn am Abend wurden die Kneipen und Clubs geschlossen.

Also auf nach Tegel! Lieber eine halbe Stunde früher als nötig, um nur ja nicht zu spät zu sein. Nicht, dass ich am Ende bei fünf Minuten Verspätung wegen »Termin verpasst« wieder nach Hause geschickt werde. Das mag überspannt klingen, aber nach 50 Jahren auf diesem Planeten habe ich so meine Erfahrungen.

Noch ein letztes Mal die Checkliste durchgehen: Impfpass, Personalausweis, Prio3-Impfberechtigungsnachweis, unterschriebener Aufklärungsbogen, unterschriebener Anamnesebogen, Impfeinladungsschreiben samt Datenschutzbelehrung, und sicherheitshalber stecke ich den Internationalen Führerschein auch noch mit ein, man weiß ja nie. Außerdem ein Buch zur Lektüre. Passend zum Termin habe ich mir vom Kollegen Wladimir Kaminer seinen neuen Coronageschichtenband besorgt, »Der verlorene Sommer«. Wie gesagt, ich stehe auf Symbolismus. Es gefällt mir, damit bei der Lektüre beim Warten im Impfzentrum zu beginnen. Und dass ich warten werde, dessen bin ich mir sicher. So ein Impftermin ist schließlich auch nur ein Arztbesuch. Ich habe zwar seltsame Kunde gehört von perfekt durchorganisierten Impfzentren voller freundlicher Menschen, in denen alles wie am Schnürchen flutscht, aber ich halte das für billige Propaganda. Nach 50 Jahren auf diesem Planeten habe ich so meine Erfahrungen.

In Tegel stelle ich den Wagen ab, schnappe mir meinen Unterlagenstapel, nicht ohne noch mal zu prüfen, ob ich auch wirklich alles habe. Nicht, dass ich es jetzt am Ende noch verpatze, indem ich das entscheidende Dokument im Auto vergesse. Und dann, das weiß man ja nach 50 Jahren … und so weiter.

Etwas zittrig trete ich dem ersten Einlasser entgegen, ein sehr freundlicher Security-Mann, der mich ausgesucht höflich fragt, fast anflötet: »Haben Sie heute ein Messer dabei oder Pfefferspray?« Der Ton ist so dermaßen freundlich, unsecuritymäßig, dass ich völlig verdutzt allen Ernstes als Erstes denke: »Verdammt, jetzt habe ich doch noch was vergessen!«

Aber man braucht ja gar kein Pfefferspray, um eingelassen zu werden, und so stehe ich schließlich überpünktlich am Terminal C und bin ganz ergriffen.

Hier endet es also. Wo es vor über einem Jahr begann. Ich spüre plötzlich, wie sich eine tonnenschwere Belastung in mir löst. Tränen der Erleichterung schießen mir in die Augen. Man merkt ja manchmal erst, unter welchem Stress man stand, wenn es vorbei ist. Wobei es hier jetzt natürlich noch gar nicht vorbei ist, aber was soll jetzt schon noch groß passieren?

Folgendes soll passieren: »Sie haben Ihren Termin aber im Wedding«, sagt der freundliche Mann am Schalter. Ich starre ihn fassungslos an. »Was?« »Ihr Termin ist im Erika-Heß-Eisstadion, nicht hier in Tegel.« »Was? Aber ich bin doch extra pünktlich!« »Ja, aber sie sind am falschen Ort.« »Aber ich habe alles dabei. Sogar die verdammte Datenschutzbelehrung!« »Ja, das ist schön. Aber das hier ist leider der falsche Ort. Ihr Termin ist im Wedding.« Wie konnte das bloß passiert sein? Verdammt. »Es tut mir sehr leid«, sagt der sehr freundliche, sehr verständnisvolle Mann hinter dem Schalter, »aber wir dürfen Sie hier nicht impfen. Da müssen Sie leider in den Wedding fahren.« »Aber das schaffe ich doch nicht mehr pünktlich!«, rufe ich entsetzt. Meine Tränen der Erleichterung haben sich übergangslos in Tränen der Verzweiflung verwandelt. »Und dann ist der Termin flöten, und ich muss mich mit dem Pöbel darum prügeln, in ein paar Wochen eine von den letzten Dosen AstraZeneca abzukriegen!« Während ich um Fassung ringe, höre ich draußen die Maschinengewehrsalven der Russen vor dem Terminal durch die Luft peitschen. »Fahren Sie doch einfach rüber in den Wedding«, sagt der freundliche Mann. »Klappt das denn noch?«, frage ich banger Hoffnung zurück. »Bestimmt«, sagt er. »Probieren Sie es einfach.« Ich renne los. »Halt! Warten Sie!«, ruft der Mann mir hinterher, »Sie haben Ihre Unterlagen vergessen. Ohne die klappt es ganz bestimmt nicht.« Verdammt.

Ich komme mir vor wie in einem Actionfilm. Der Held kämpft sich durch den dichten Verkehr, um noch rechtzeitig am Ort der bevorstehenden Katastrophe einzutreffen, während die rote Digitalanzeige am Zeitzünder der Bombe erbarmungslos auf die Null zuläuft. Nur dass ich kein Held bin, sondern ein Trottel, der nicht mal das richtige Impfzentrum auf seiner Einladung lesen kann, es keinerlei dichten Verkehr gibt, denn es ist ein ruhiger Sonntagmittag, und dass die rote Digitalanzeige bei mir inzwischen 30 Minuten im Minus anzeigt. Aber immerhin, offenbar ist das Erika-Heß-Eisstadion noch nicht in die Luft geflogen, als ich dort endlich eintreffe.

Und dann das: »Das ist doch gar kein Problem«, sagt der freundliche Mann am Einlass, als ich ihm die Sache mit Tegel erzähle. »Das ist doch gar kein Problem«, sagt die freundliche Frau am Schalter, als ich zerknirscht darauf hinweise, dass ich leider eine halbe Stunde zu spät bin. »Alles super, alles vollständig«, sagt der Mann, der die ganzen Unterlagen in Empfang nimmt. Und dann sagt er noch: »Wollen Sie die Datenschutzerklärung wirklich aufheben?« Ich schaue ihn verständnislos an. »Sonst werfe ich die jetzt mal weg, die brauchen Sie nämlich nicht.«

Perfekt organisiert und irritierend gut gelaunt geht es weiter zum Wartebereich und zur Impfkabine. »Legen Sie Ihre Sachen hier ruhig einfach hin, das stört niemanden«, sagt die Helferin zu Beginn, und ich frage mich, wo sie all diese wahnsinnig netten Leute hergeholt und wie sie die an den Berlinern vorbei in die Stadt geschmuggelt haben. Auch der Arzt schwebt förmlich herein, und in dem Moment bin ich mir fast sicher, dass die sich hinter den Kulissen noch ganz andere Sachen spritzen als Moderna. Oder vielleicht ist es auch das Moderna, denn als ich nun von einer weiteren extrem fröhlichen Frau wieder hinaus in den Wartebereich geleitet werde, fühle ich mich selbst wie auf einer kunterbunten Zuckerwattewolke schwebend. Es ist verdammt noch mal geschafft, ich bin geimpft, und weder Jens Spahn noch Armin Laschet noch die Christen im Widerstand haben es verhindern können. Dann schlage ich Wladimirs Buch auf und lese gleich auf Seite drei, dass in der Pandemie plötzlich Leute wichtig geworden seien, von denen man nie zuvor gehört habe, nämlich »Virologen, Epidemiologen und Amphibienforscher«, das steht da wirklich! Da wird mir endgültig klar, dass in Moderna was drin ist oder der Chip von Bill Gates schon wirkt, aber egal, was auch immer es ist, ich will einfach nur mehr davon. Muss ich wirklich noch sechs Wochen warten bis zum nächsten Trip?

Der Aufseher im Wartebereich weist mich ausgesucht höflich darauf hin, dass ich, aber natürlich nur, wenn ich will und mir wirklich danach ist, allmählich auch gehen kann, und so gleite ich nach draußen zwischen all den wunderbaren Menschen hindurch in einen fantastisch warmen Frühlingstag mit strahlend blauem Himmel, blicke mich noch einmal um nach dem im reinsten Weiß leuchtenden Erika-Heß-Eisstadion, und als ich schließlich am Auto ankomme, zupfe ich den Strafzettel für falsches Parken hinter dem Scheibenwischer hervor und denke: Ja, so ganz allmählich kann der normale Alltag wieder beginnen.

MEIN IMPFTAGEBUCH

Volker Surmann

29. April: »Du hast da doch neulich was über Impfneid geschrieben?«, fragte mich ein Freund kürzlich. »Ich hab da von einem Arzt gehört, der kann dir was dagegen verschreiben.«

»Nee echt? Gibt's da auch schon was von ratiopharm?«

»Ja, so ähnlich. AstraZeneca. Werden sie nicht los in seiner Praxis. Die Homosexuellen in Schöneberg wollen lieber alle die Luxus-Vakzine.«

»Ich bin aber Homosexueller aus Friedrichshain.«

»Na, dann ran an den Speck.«

4. Mai, 17:54 Uhr: Ich sitze in einer Schöneberger Arztpraxis, in der ich nie zuvor gewesen bin, und fülle Zettel aus.

18:04 Uhr: Ich sitze in einer Schöneberger Arztpraxis, in der ich nie zuvor gewesen bin, und fülle immer noch Zettel aus. Vier eng bedruckte Seiten ist allein das Aufklärungsblatt des RKI lang, das ich am Ende unterschreiben muss. Damit habe ich zwei Impfdosen gekauft und ein paar Katzen im Sack, die hören auf die Namen Impfwirkung, Nebenwirkung und Thrombose. Und wie Katzen nun mal so sind: Entweder sie kommen, oder sie kommen nicht.

18:05 Uhr: Ich werde aufgerufen und zur Impfkabine geleitet. Ich werfe einen Blick in den Behandlungsraum zur rechten. Auf einer, mit goldglänzendem Brokat überzogenen Récamiere wird gerade ein Immobilienmakler mit BioNTech-Pfizer geimpft. Mit einer silbernen Spritze. »Na endlich, so impfe er uns!«, faucht er den Arzt an: »Wir müssen zurück ins Büro. Seit dem Fall des Mietendeckels sind wir so was von systemrelevant und impfpriorisiert!«

18:06 Uhr: Im AstraZeneca-Zimmer wurden auf wenigen Quadratmetern ein Tresen und drei mit OP-grünen Vorhängen abgetrennte, enge Kabinen eingerichtet. Wahrscheinlich war es mal die Putzkammer der Praxis.

Die Praxishelferin verlangt nach meinem Impfpass. Sie füllt ihn aus und stempelt ihn. Verdammt! Sie stempelt ihn, bevor ich geimpft bin! Was, wenn ich doch nicht will? Schließlich steht das Beratungsgespräch mit dem Arzt noch aus. Dann müsste ich mir den Impfpass schnappen und so schnell wie möglich aus der Praxis rennen.

18:10 Uhr: Der Arzt berät mich: »Haben Sie noch Fragen?«

»Ist das gut, wenn jüngere Menschen sich mit AstraZeneca impfen lassen, wo es doch eigentlich erst ab 60 empfohlen ist?«

Der Arzt studiert das Deckblatt meines Impfpasses. »Herr Surmann, wenn ich richtig sehe, sind Sie im September 1972 geboren, also bald schon ...« – Nein, nicht das böse F-Wort! Aber er sagt nur das N-Wort. – » ... neunundvierzig. Und, lassen Sie es mich so sagen, damit sind Sie deutlich näher an 60 als an ›jüngerer Mensch‹.«

18:11 Uhr: »Warum weinen Sie? Tut es so weh?«, fragt die Arzthelferin, als sie mir die Spritze in den Oberarm drückt.

»Nein«, schluchze ich. »Der Doktor war gemein zu mir.«

Die Arzthelferin gibt mir, weil ich so tapfer war, ein Pflaster mit Bärchenmuster.

18:13 Uhr: Ich soll mich die nächste Viertelstunde noch in der Nähe der Praxis aufhalten.

»Warum?«

»Wegen möglicher Impfallergien. Sollten Sie umkippen, kommen Sie bitte sofort zu uns zurück.«

Aha.

18:15 Uhr: Ich stehe auf der Maaßenstraße in Schöneberg. Sollte ich jetzt nicht diese Impfeuphorie spüren, von der sie alle erzählen? Erst die Nadel im Arm, dann das unbändige Glücksgefühl?

Ich spüre nix. Ich beschließe, die Wartezeit bis zum allergischen Umfallen mit einem Eis zu überbrücken. Die Eisdiele nebenan hat sehr gutes Pistazieneis. Na also, jetzt klappt es auch mit der Euphorie.

18:27 Uhr: Das Eis ist alle, die Euphorie verfliegt. Ein Schlagregen ergießt sich über den Nollendorfplatz. Da ich immer noch nicht umgekippt bin, gehe ich nach Hause. Ich bin jetzt geimpft. Mein zweiter Termin ist in zwölf Wochen. Das heißt: Jeder, der sich in den nächsten sechs Wochen mit mRNA-Impfstoffen impfen lässt, wird schneller seine zweite Impfung haben als ich. Wie sagte noch Jesus (oder Lothar Wieler?): »Die Ersten werden die Letzten sein.«

18:47 Uhr: Mein Arm tut weh. Schmerzen an der Einstichstelle. Check.

19:30 Uhr: Ich sitze auf dem Sofa und warte auf die anderen Impfwirkungen. Bei AstraZeneca soll's davon ja einige geben. Ich verspüre Heißhunger auf Fischstäbchen mit Kartoffelbrei. Zählt das schon? Kann aber auch damit zusammenhängen, dass ich sonst nichts im Haus habe.

5. Mai, 00:50 Uhr: Ich gehe ins Bett. Ich bin ein bisschen besorgt. Keine Impfwirkung bislang. Ich bin nicht umgefallen. Keine weiteren Auswirkungen. Wahrscheinlich war das gar kein echter Impfstoff! Ich meine: Einen Impftermin innerhalb von fünf Tagen! Da musste doch was faul sein! Vielleicht war das nicht mal ein echter Arzt! Sondern ein Scharlatan, ein Abrechnungsbetrüger, der dem Staat Impfdosen in Rechnung stellt, aber nur Leitungswasser spritzt!

08:12 Uhr: Als Volker Surmann am Morgen aus unruhigen Träumen erwachte, fand er sich in seinem Bett zu einem ungeheuer alten Mann verwandelt.

Scheiße verdammt, wieso das denn jetzt? Ich komme kaum aus dem Bett. Ich fühle mich, als sei ich über Nacht mindestens zwanzig Jahre gealtert. Mir tut alles weh. Ich schlurfe ins Bad, in Zeitlupe. Schlurfen in Zeitlupe, das ist nah an Stillstand! So eine Scheiße: Viertel nach Acht, jetzt muss ich schon nachts raus.

09:40 Uhr: Ich muss der Wahrheit ins Augen blicken: Die Impfung hat mich über Nacht in einen alten weißen Mann verwandelt.

Früher hätt's das nicht gegeben, denke ich unvermittelt. Da kriegte man ein paar braune Tropfen auf ein Stück Würfelzucker getropft und war geimpft. So ging Impfung! Aber nicht dieses neumodische Zeug mit Spritzen von irgendwelchen Arzthelferinnen, die wahrscheinlich noch ein Gendersternchen hinter »Impfling« schreiben, pah!

Ich fühle mich kodderig. So hat man das früher in Westfalen genannt, und früher war alles besser! Irgendwie habe ich mich in die Senkrechte gebracht und hab mich angezogen. Das hat gedauert. Vor allem weil ich nichts Beiges im Schrank gefunden habe. Beim Frühstück schlage ich die Zeitung auf und lese irgendwas über Thea Dorn. Ich finde sie ungeheuer klug und attraktiv. Dann messe ich Fieber.

10:30 Uhr: Langsam verstehe ich, wieso AstraZeneca freigegeben wurde für unter 60-Jährige. Schon einen Tag nach der Injektion ist man in der Priorisierungsgruppe 80plus.

11:10 Uhr: Mir tut alles weh. Ich greife mir den Aufklärungsbogen vom RKI und lese mir die Impfwirkungen durch und hake sie der Reihe nach ab: Schmerzen an der Einstichstelle: Check. Kopfschmerzen: Check. Ermüdung: Check. Muskelschmerzen: Check. Unwohlsein: Check. Erhöhte Temperatur: Check. Gelenkschmerzen: Check. – Der Kandidat hat sieben von zehn richtig, zumindest von den Impfwirkungen, die bei mehr als 20 Prozent der Menschen auftreten. Und der Pickel, der da über Nacht gewachsenen ist, zählt der schon als »allgemeiner Hautausschlag«? Und litt ich nicht die ganze letzte Nacht gute acht Stunden lang an Schläfrigkeit? Ich werde das weiter beobachten.

23:56 Uhr: Ich schlurfe ins Bett, in Zeitlupe. Den ganzen Tag habe ich die Wohnung nicht verlassen, außer um einmal kurz Rhabarber zu kaufen.

Auf dem Merkblatt vom RKI ist ein Link zu einer App des Paul-Ehrlich-Instituts abgedruckt, das Erhebungen zu den Impfwirkungen macht. Ich habe sie mir runtergeladen und mir den ganzen Tag lang alle weiteren Impf- und Nebenwirkungen notiert, die mir zu den sieben bekannten noch aufgefallen sind: Kopfweh, Frühvergreisung, Alter-Mann-Syndrom, Ungeduld, Stirndruck, Morbus Spahn (eine leichte Form der Debilität), Appetitsteigerung auf Zuckerwürfel, Muffensausen, gelegentlicher Juckreiz an unmöglichen Stellen, Schnupfen, Sofaallergie, vermehrtes Blinzeln, Sehhilfenlokalisationsdemenz, Pickel, Langeweile zweiten Grades, Schädelbrummen, Ruhebedürfnis, längere Reglosigkeit auf ebenen Flächen, Herzeleid, Larmoyanz, Appetit auf Rhabarbergrütze und *Bares für Rares*, Speichelfluss, Völlegefühl nach Mahlzeiten, Impfkater, plötzliche Theaphilie und Dorn'scher Wahnsinn, mehrmalige Flatulenz pro Tag, Lanz'sches Abschaltsyndrom, starke Augenreizungen und kritischer *Star-Trek*-Konsum, migräneartige Zustände, seelische Gleichgewichtsschwankungen, autosuggestive Hypersensibilität, maximale Wehleidigkeit, allgemeine narrative Übertreibung, Haarausfall und Fußpilz. Ich lege die Liste auf den Nachttisch und notiere noch: »wiederkehrende Schläfrigkeit« ... Dann schlafe ich ein.

Do. 6. Mai, 09:00 Uhr: Ich wache auf und spüre nichts mehr von alldem, dafür eine leichte Euphorie.

ALTER WEIN IN NEUEN SCHLÄUCHEN

Robert Rescue

Ich habe Post bekommen von der Gesundheitssenatorin und mir wird angst und bange. Bislang habe ich das Berliner Coronamanagement nur passiv wahrgenommen, jetzt werde ich betroffen.

Sehr geehrter Herr Rescue,
Glückwunsch, Sie werden geimpft. Also aller Voraussicht nach, also wenn alles gut geht, also von unserer Seite aus gerne, aber wir wollen keine Verantwortung übernehmen, falls nicht. Sie wissen schon ... LOL.
Anbei Ihr »Impf-Welcome Kit« mit allen wichtigen Informationen. Ans Herz gelegt sei Ihnen, abhängig von Ihrem ersten Impftermin, der Open-Air-Rave im Strandbad Plötzensee mit DJ Plötzi am Samstag, 01.05. Diese Veranstaltung ist exklusiv nur für Geimpfte zugänglich. Ungeimpftes Pack muss draußen bleiben. Machen Sie sich bewusst, dass Sie künftig zu den oberen Zehntausend der Stadt Berlin gehören, Sie haben fortan das Recht, auf die ungeimpften Plebs herunterzuschauen und sie zu dissen, wo immer sie Ihnen im Weg stehen.

Das Welcome Kit beinhaltet unter anderem eine Hand aus Pappe, an der mit Ösen ein ausziehbarer Mittelfinger befestigt ist, sowie eine ausklappbare Gerte, mit der ich mir Ungeimpfte auf Distanz halten kann. Dazu eine Pistole mit 20 Schuss Munition, falls die Ungeimpften die vorgenannten Mittel nicht kapieren sollten. Ich solle »ohne zu zögern« Gebrauch von der Waffe machen und könne mit Straffreiheit rechnen.

Das Wichtigste ist jedoch der persönliche Impfcode. Augenblicklich gehe ich auf die Seite des Anbieters Doctolib, der für den Senat das Terminmanagement übernimmt, was mir Erleichterung verschafft, denn auf einer berlin.de-Website würde ich alles finden, nur keine Hilfe. Sechs Impfzentren stehen zur Auswahl, und aus Gewohnheit schaue ich erst mal, wo die so sind. Corona ist ein wichtiges Thema, aber gegen die Berliner »Sesshaftigkeit« kommt auch eine Pandemie nicht an. Zur Arena nach Treptow? Was soll ich da? Da bin ich ja Stunden unterwegs. Das gleich gilt für das Velodrom in Nord-Friedrichshain oder Süd-Prenzlauer Berg. So ganz habe ich das schon damals nicht verstanden, als ich dort gewohnt habe. Am liebsten möchte ich ins Erika-Heß-Eisstadion, das liegt noch im Wedding. Oder zum Flughafen Tegel, da brauche ich auch nicht lange hin. Außerdem arbeiten dort viele DJs, Bühnentechniker und Türsteher aus den geschlossenen Clubs. Ich hätte Lust, bei denen nach der Impfung gleich mal den Pappmittelfinger und die Gerte auszuprobieren.

Aber sowohl Eisstadion als auch Tegel haben keine Termine verfügbar, weder nächste Woche noch in fünf Jahren.

Also entscheide ich mich für den Flughafen Tempelhof und als Impfsaft wähle ich AstraZeneca, weil dort ein Termin in neun Tagen angeboten wird. Bingo, besser kann es nicht laufen. Die aufkeimenden Bedenken bezüglich AstraZeneca wische ich beiseite. Okay, BioNTech wäre mir lieber gewesen, weil ich darüber noch nichts Negatives gehört habe. Aber in der angespannten Lage gibt es keine Wahlfreiheit, da muss ich nehmen, was gerade verspritzt wird. Wegen dieser Sinusvenenthrombose muss ich mir doch keine Sorgen machen. Das betrifft meist nur Frauen, und wenn es mich doch erwischen sollte, dann spritze ich mir einfach das Thrombosemittel Clexane, da habe ich noch ein paar Spritzen vom Krankenhausaufenthalt übrig.

Meine Gedanken schweifen in die Vergangenheit. Als Kinder mussten wir alle vor der Stadthalle in Reih und Glied stehen und ein Onkel Arzt gab uns ein Stück Zucker, das mit einer magischen Flüssigkeit beträufelt war. Wir wussten nur, dass es gegen »Kinderlähmung« helfen sollte. Das wollte keiner von uns haben, denn das bedeutete wohl, dass wir nicht mehr im Wald Häuschen bauen oder auf dem Bolzplatz kickern konnten. Es war ein besonderes Ritual nur für uns Kinder, diese Schluckimpfung. Ein solcher Aufmarsch ist womöglich heutzutage nicht mehr so leicht zu bewerkstelligen, allein schon wegen des Protestes irgendwelcher Eltern wegen des ungesunden Zuckerstücks oder der, in ihren Augen, nicht belegten Wirkung der magischen Flüssigkeit.

Danach suche ich aus der Tiefe des Rollcontainers so etwas wie ein Impfbuch heraus. Oha, das wird etwas Abwechslung in den Alltag der Impfhelfer bringen. Mein Bundeswehr-Impfbuch von 1992. Das müsste doch noch gut sein. Ist halt nichts mehr eingetragen worden nach meinem Ausscheiden. Das könnten die ja vor Ort gleich nachholen. Tetanus, Pocken, Pest, Cholera, HIV, alles rein damit. Ich fühle mich zufrieden und verbringe den Rest des Tages damit, einen Titel zu erfinden, mit dem mich Ungeimpfte künftig anreden müssen. »Seine Heilige Geimpftheit« klingt gut, das gefällt mir. Ich werde auch keine Maske mehr tragen. Wenn ich einkaufen gehe und mich die Kassiererin anscheißen will wegen der fehlenden Maske, dann setzt es was mit der Gerte. Und wenn sie die Botschaft nicht versteht, halte ich ihr die Knarre ins Gesicht. Bei der Gelegenheit: Im Brief vom Senat steht gar nicht, wie man an Ersatzmunition herankommt. Je nach zwischenmenschlichem Konfliktpotenzial werden 20 Schuss nicht reichen.

Am nächsten Tag dann die Wende. AstraZeneca ist irgendwie gefährlich und soll nicht mehr an Personen unter 60 Jahren verabreicht werden. Die Politik hat Bedenken wegen der Nachwirkungen? Können die damit nicht zwei Wochen warten? Und wie reagiert der Hersteller darauf? Mit der Bekanntgabe, dass es künftig einen Handelsnamen für den Impfsaft gibt: Vaxzevria oder so ähnlich. Das klingt wie ein Gleit- oder ein Enthaarungsmittel. Das erinnert mich an die Sache mit Raider und Twix. Alter Wein in neuen Schläuchen, sage ich nur. Ich habe die Umbenennung seinerzeit nicht mitgemacht, getreu dem Motto »Was zuerst so heißt, heißt dann so.«

Im Falle von AstraZeneca frage ich mich, warum die das ausgerechnet zu diesem Zeitpunkt bekanntgeben. Das öffnet doch Verschwörungstheorien Tür und Tor. Auf jeden Fall wird sich der neue Name nicht durchsetzen, genauso wenig wie Comirnaty, der Handelsname von BioNTech.

In den Nachrichten ist plötzlich von Impfärzten die Rede, die im Rahmen eines Modellprojektes die Impfung in ihren Praxen durchführen. Die Namen der beteiligten Ärzte werden nicht genannt, und impfen dürfen sie nur ihren Patientenstamm. Schweren Herzens versuche ich meinen Termin über Doctolib umzubuchen, aber damit ist das System überfordert. Wie vermessen von mir zu glauben, ich könnte einfach so online einen neuen Termin ausmachen. In Neuseeland oder Israel vielleicht, aber doch nicht in Deutschland. Inzwischen wird bekannt, dass sich die Über-60-Jährigen zur Impfung melden können. Angeblich gebe es in der Altersgruppe keine Risiken mehr für Sinusvenenthrombosen, aber ich vermute eher, dass sie die Altersgruppe gewählt haben, weil die unkritisch geworden sind, satt vom Wohlstand und es ihnen egal ist, was man mit ihnen macht.

Ich sitze vor dem Rechner und überlege. Ich muss meinen Termin stornieren, um meinen Impfcode wiederzubekommen. Aber was ist, wenn das nicht passiert? Wenn ich einen neuen Code, wo auch immer, beantragen muss und das gar nicht vorgesehen ist? Ein Gefühl sagt mir, dass ich niemals wieder einen so günstig gelegenen Termin bekommen kann. Wer weiß, vielleicht werde ich der letzte Geimpfte Berlins sein. – Eines Tages betrete ich den fast verlassenen Flughafen Tempelhof, der Regierende Bürgermeister begrüßt mich mit einem Strauß Blumen und die Impfhelfer stehen Spalier. Und wenn ich dann das Terminal verlasse, bricht Jubel unter den drei Millionen anwesenden Berlinern aus, Hippies fahren Skateboard auf der Landebahn, Kinder tollen herum und Erwachsene haben Sex unter freiem Himmel, und alle feiern das Ende der Pandemie. Eigentlich eine schöne Vorstellung, aber wenn ich ehrlich bin, überlasse ich die Ehre, der Letzte zu sein, gerne jemand anderem.

Die Terminstornierung klappt, jetzt wieder die Auswahl des Impfzentrums. Aus Gewohnheit wähle ich als Erstes das Eisstadion aus.

Aber wieder sind keine Termine verfügbar. Gibt es das Erika-Heß-Eisstadion als Impfzentrum gar nicht? Sind die Hinweisschilder am S-Bahnhof Wedding ein Fake?

AstraZeneca, so wird mir klar, will ich nicht mehr. Wer weiß, was aus dem Zeug wird? Vielleicht gibt es noch mehr Nebenwirkungen? Vielleicht ist das nur destilliertes Wasser oder Red Bull ohne Geschmack? Von der Arena in Treptow oder dem Velodrom lasse ich weiter die Finger. Ich kann mich einfach nicht überwinden, dorthin zu reisen. Aber was ist, wenn es BioNTech nur dort gibt? Ich klicke mich weiter durch die Seite. Der nächstmögliche Termin ist in genau zwei Monaten am 1. Juni auf dem Messegelände. In der Nähe war ich mal zu einem Zahnkliniktermin und habe den Weg wieder nach Hause gefunden. Ich bestätige den Termin.

Was soll ich für eine Einlaufmusik wählen? Spontan fallen mir von *Queen* ein: »We will rock you«, »Save me« und am passendsten »Don't stop me now«. Oder vielleicht »Battle without Honor« or »Humanity (Jumanity)« von Tomoyasu Hotei aus Tarantinos *Kill Bill, Teil 1*?

Was wird in den zwei Monaten passieren? Nach all den Pannen in der Politik. Es sieht ja derzeit nicht danach aus, als ob irgendein Messias auf den Plan tritt, das Ganze neu organisiert und es so perfekt macht, dass alle Welt wieder neidisch auf Deutschland blickt. In den Nachrichten lese ich, dass Jens Spahn Sonderrechte für vollständig Geimpfte einführen möchte. Na toll. Mein Blick fällt auf das Welcome Kit. Wird also nichts mit dem Pappmittelfinger und der Gerte, und wenn alle Stricke, also wirklich *alle* Stricke reißen, brauche ich die Pistole für mich selbst, spätestens dann, wenn es so sein sollte, dass ich der Letzte bin. Auch mit dem Open-Air-Rave wird es nichts. Bin zwar raus aus dem Alter, aber ich denke, ich wäre hingegangen. Menschen um mich herum, vielleicht jemanden kennenlernen, vielleicht sogar tanzen. Mal so richtig die Sau rauslassen.

Tja, dann halt nicht. Wäre ja auch zu schön gewesen.

DIE NEUE IMPFFREIHEIT

Thilo Bock

Feiern, feixen, freidrehen: Um die stockende Impfkampagne anzukurbeln, wird über neue Privilegien für Vakzinierte nachgedacht, Privilegien, die ihnen ein Leben lang verwehrt waren. Die Gratisbratwurst oder freier Eintritt bei der Ü40-Party locken schon lange niemanden mehr hinter seinem Flachbildschirm hervor.

Daher wird weiter eifrig diskutiert, wie man Geimpften danken kann für ihren Beitrag zur Herdenimmunität. Ab den Sechzigern setzte man bekanntlich auf Kombipräparate und integrierte die Belohnung gleich in die Vakzination, getreu der Devise »Schluckimpfung ist süß, Kinderlähmung ist grausam«. Der bittere Impfstoff sickerte flugs in den auf einem Silberlöffel dargebotenen glitzernden Zuckerwürfel, und jedes Kind machte artig »Ahh«.

Heute sind die Ansprüche gestiegen. Zudem haben vor allem die Älteren unter den Impflingen einiges aufzuholen nach den Entbehrungen der Lockdowns. Deshalb nun also die Forderung nach Freiheiten für Geimpfte. Um es gleich vorwegzunehmen: Fernsehen, solange sie mögen, gehört nicht dazu. Die meisten haben sich das schon vor der Impfung herausgenommen, was den späten Erfolg von Markus Lanz und seinem Sidekick Karl Lauterbach erklärt.

»Mehr Freiheiten wagen!« lautet die Devise ganz im Sinne des neuen ökosozialliberalen Zeitgeistes. Geimpften wird fortan die Freiheit zugestanden, bei Rot über die Ampel zu gehen.

Auch das Betreten von Rasenflächen in öffentlichen Grünanlagen soll möglich werden sowie das ungestrafte Füttern von Tieren im Zoo, außerdem von wildlebenden Tauben, Ratten und Waschbären. Zudem ist das Schwimmen in Abwasserkanälen erlaubt. Man sollte allerdings stets seinen digitalen Impfnachweis mit sich führen. Da gilt auch, wenn man nackt Auto fährt oder dasselbe sonntags wäscht. Das ist von nun an zulässig, aber bitte nur bekleidet. Darüber hinaus darf, wer geimpft ist, Altglas auch während der Mittagsruhe und nach 22 Uhr in die entsprechenden Container einwerfen. Dieses muss jedoch farblich korrekt getrennt sein.

Sollte es wieder zu Ausgangssperren kommen, würden diese für Geimpfte nicht gelten. Faktisch bedeutet das eine Befreiung von der Nachtruhe. Um die über ein Jahr lang erzwungene Lärmunterdrückung zu kompensieren, dürfen beispielsweise Kegelklubs aus allen Teilen des Landes die ganze Nacht über juchzend in Berlin vor dem Café Kranzler abhängen – vorausgesetzt, sämtliche Mitglieder sind inzwischen geboostert.

Wer dreimal in den Oberarm gepiekst worden ist, darf außerdem wieder in Bussen und Bahnen rauchen. Wie aus Kreisen zu hören ist, wurde zudem diskutiert, dies für über Achtzigjährige zur Pflicht zu machen. Das ist wieder vom Tisch. Interessierte können allerdings einen Zuschuss aus der Bundestabakreserve beantragen. Der werde unbürokratisch gewährt. Fürderhin erlaubt sein soll, mit dem Stuhl zu kippeln, Baustellen zu betreten, unbegrenzt lange zu telefonieren, ohne Zähneputzen ins Bett zu gehen, Kartoffeln mit dem Messer zu schneiden sowie das Aufbehalten von Hüten in Innenräumen.

Die Entbehrungen des Coronajahres waren hart, und die Spritze hat durchaus wehgetan. Jetzt dürfen wieder Enkelkinder abgeküsst und ihnen Schokoladenflecken von der Wange geputzt werden – mit garantiert Covid-19-freier Spucke.

Aus Bayern kommt die Forderung nach sogenannten »Familienimpfungen«. Wenn die Enkel schon Omas Spucke im Gesicht haben, könne man ihnen auch gleich was Härteres in die Venen jagen. Zum Ausgleich soll auf den Schulhöfen zukünftig Kiffen toleriert werden. Zum einen stelle das Schülerinnen und Schüler ruhig, des Weiteren würden so Kinder aus einkommensschwachen und von Corona gebeutelten Familien ihr Taschengeld durch den Vertrieb dieser Rauchwaren aufbessern können.

Für die arbeitende Bevölkerung könnte es Betriebsimpfungen geben. Durch Homeoffice, Abstandsgebote und eine ausgefallene Weihnachtsfeier ist in vielen Büros die Beziehung zwischen Kolleginnen und Kollegen deutlich distanzierter, außer vielleicht in der Bildzeitungsredaktion. Seitdem der rituelle Austausch von Körperflüssigkeiten innerhalb eines firmeninternen Abhängigkeitsverhältnisses nicht mehr zeitgemäß anmutet, müssen neue Modelle für ein gutes Betriebsklima her. Warum nicht mal kollektiv die Oberarme frei machen für den Impfarzt? Auch regelmäßige Selbsttests im Team können für Entspannung sorgen dank des ausgelassenen gegenseitigen Herumgestochere im Nasenrachenraum. Das gilt genauso für Co-Working-Spaces, Großraumabteile im ICE, die Schlange vorm *Berghain* oder am Gepäckband des BER. Gemeinsames Mitfiebern, ob der Schnelltest nicht doch anschlägt, verkürzt die Wartezeit bis zur nächsten Quarantäne.

Diese kann jetzt auch Ausland verbracht werden. Seit dem Sommer bereits dürfen immunisierte Deutsche wieder ihre kulturelle Überlegenheit vorführen, wenn sie etwa an den Stränden von Antalya oder Alicante zu zehnt aus einem Eimer trinken. Die ihnen hinterherwischenden Einheimischen könnten ganz unbesorgt sein. Der Auswurf vakzinierter Deutscher gilt als garantiert coronafrei. Dafür bürgt irgendjemand aus der Bundesregierung persönlich. Diese wird auch bestimmen, wer sich im Fall einer zu einem Superspreader-Event mutierenden teutonischen Sangria-Sause entschuldigen müsse.

Vielleicht übernimmt das ja irgendwer aus Bayern. Sowieso hat sich während der Pandemie wieder einmal gezeigt, dass wir den strammen Granden dieses stolzen Bergvolks nicht dankbar genug sein können. So ist der Landesregierung in München auch ein besonderes Schmankerl zu verdanken: Jeder und jedem Geimpften steht einmal täglich der bitter verdiente Zuckerwürfel zu, gratis abholbar in der Apotheke des Vertrauens. Endlich können wir es wieder ordentlich krachen lassen. Zumindest zwischen den Zähnen.

DER SOMMER DER UNGEIMPFTEN

JULI – AUGUST 2021

SCHWIMMKURS IM REGEN

Frank Sorge

»Was machen wir heute?«, fragt ein Kind.

»Heute ist unser Schwimmkurs.«

Wir sehen aus dem Fenster, es ist grau und regnet am frühen Vormittag.

»Das hört bestimmt bald auf«, sage ich. »Das ist Berlin. Wenn man lange auf Regen wartet, kommen immer erst mal nur ein paar Tropfen.«

»Es ist ja auch ziemlich warm«, sagt meine Frau.

Der Kurs findet im Plötzensee statt, der bei der weiteren Entwicklung draußen heute jedenfalls nicht ausgetrocknet sein wird. Es ist noch viel Zeit bis heute Abend, es wird schon, das Wetter wird sich noch ändern. Macht es auch, es regnet mehr. Eine Stunde vorher holen wir die Kinder mit Gummistiefeln und Schirmen, es geht nach Hause.

»Was machen wir heute?«, fragt ein Kind.

»Heute ist unser Schwimmkurs.«

Wie es so üblich ist bei unserer Spezies, bei mir, bei dir und allen, man denkt mal drüber nach. Der Kurs ist im Freibad. Das Freibad wird bei so einem Wetter nicht mal öffnen. Als Vereinskurs kann man vielleicht trotzdem rein und auch schwimmen. Einen Schwimmkurs zu machen heißt, mindestens einer kann noch nicht schwimmen. Es geht zuerst darum, sich an das Wasser zu gewöhnen. Es ist viel Wasser da, von oben auch. Es ist warm, aber nach einem ganzen Tag Regen auch nicht mehr so warm, dass man unbedingt ins Wasser möchte. Die Kursleiter sind telefonisch erreichbar, in zwei Tagen der nächste Termin, da ist es womöglich schöner.

Das nur als Beispiel, wie man darüber nachdenken könnte, wir haben das natürlich auch gemacht. Wie man es dreht und wendet, ich denke, die Lösung dieser Denkaufgabe ist eindeutig. Aber es muss ein weiterer Faktor herangezogen werden, dass erstaunlicherweise nicht jeder Mensch immer das Gleiche denkt, dass auch bei gleichen Thesen und Grundannahmen jemand eine ganz andere Antwort findet. Warum auch immer. Wir gehen also im Regen zum Schwimmkurs.

Ich komme mir etwas bekloppt vor, mit einer Tasche voller Badesachen durch den Dauerregen zu einem Freibad zu stapfen, wo sicher auch ein Platzwart steht, der uns für bekloppt hält, weil er so ähnlich denkt wie ich, aber das kann er natürlich nicht wissen, wenn ich mit einer Tasche voller Badesachen vor ihm stehe und sage: »Ja, klar wollen wir schwimmen.«

Der Regen legt noch etwas zu auf dem Weg.

»Hätten wir ja gleich hinschwimmen können«, sage ich, »zum Schwimmkurs.« Aber keiner lacht.

Vor Ort treffen wir uns dann tatsächlich, der größere Teil des Schwimmkurses ist da, mit großen Taschen voller Badesachen, und lassen uns gemeinsam einregnen. Alle möglichen Zettel müssen ausgefüllt werden, was man sehr gut im strömenden Regen machen kann, denn es ist dort ein Sonnenschirm gespannt, und was von den Regenschirmen auf die Tische tropft, kann man ja schnell wegwischen. Währenddessen sucht einer der Kursleiter jemandem vom Gelände, um zu fragen, ob wir rauf dürfen. Bei allem Respekt vermute ich, wen auch immer er findet, wird uns für bekloppt halten. Sind wir aber natürlich nicht, pah, nur die Harten kommen in den Garten, nur die Ignoranten in den See. Der sieht ziemlich schön aus, graues Wasser, graues Ufer, grauer Himmel.

»Perfektes Badewetter«, sagt ein Kind. Eines der wichtigsten Dinge, die sie gerade lernen, ist Ironie.

Während uns die Tropfen vom Schirm pladdern, dürfen wir tatsächlich noch aufs Gelände. Das sonst bei diesem Wetter überraschenderweise geschlossen ist. Einzelne Bedienstete des Geländes passieren wir, die uns mit relativ großer Wahrscheinlichkeit für bekloppt halten. Aber ich sag mal so, uns ist das völlig egal. Hinter der Logik ist es schmerzfrei.

Der ganze Strand ist eine Baustelle, Sandgruben, Baumaterial auf Paletten, Bauarbeiter, die uns mit einer gewissen Wahrscheinlichkeit für besondere Exemplare von Badegästen halten. Sie können ja nicht wissen, dass heute unser Schwimmkurs ist. Wüssten sie, was wir wissen, dann würden sie sich nicht über uns wundern. Sie würden sagen: »Ach so, ja klar, dann ist völlig klar, dass ihr zum Schwimmen hier seid. Würden wir auch machen.«

Wir stapfen durch die Baustelle, die den ganzen Strand umfasst, zur letzten unberührten Ecke. »Und, wollen wir noch rein?«, fragt ein Kursleiter und wird von einer seitlichen Regenböe schwer getroffen.

Es ist wohl ein Fehler der logisch denkenden Menschen, dass sie denken, ist ja logisch, dass im Endeffekt die Logik die überzeugendsten Argumente liefert, dass wir alle nur aus verschiedenen Richtungen demselben logischen Gedanken zustreben, dass alle Unterschiede nur graduell sind.

Aber es gibt ein paar Power-Moves, die jede Logik schlagen, mit der Macht der Gruppendynamik, mit denen rechnet der Logiker nicht. Zum Beispiel diese Begründung: Wenn wir schon mal hier sind ...

Das haben die Wikinger gedacht, als sie Paris geplündert haben (wenn wir schon mal hier sind). Das haben die Römer gedacht, als sie Aquädukte gebaut haben (wenn wir schon mal hier sind), und auch Astronauten auf dem Mond, als sie Fahnen in den Sand gesteckt haben. So auch hier, also gehen wir rein.

Kaum finden wir irgendeine trockene Stelle für unsere Sachen, das erste Kind schlottert von der ersten Minute an, zehn Minuten probieren wir es, dann trage ich das bibbernde Kind ins Trockene. Es gibt aber auch gute Dinge zu sagen. Im Wasser war es viel wärmer als draußen an der Luft. Und wer uns gesehen hat, hat womöglich nicht gedacht, dass wir bekloppt sind. Als Gruppe ist man da viel resistenter, man ist mehr als die Summe der Bekloppten, man ist krass. Sonst gibt's was auf die Mütze.

Sobald mein Sohn wieder trocken ist und das Zittern aufhört, sagt er zu meiner Überraschung: »Das war schön, unser Schwimmkurs, gut, dass wir es trotzdem gemacht haben.«

Er meint es ernst, also habe ich nichts mehr einzuwenden. Was man lässt, soll man lassen, was man macht, soll man machen. Irgendeine Logik steckt da auch hinter, ganz bestimmt.

SIND DOCH NUR KINDER

Robert Rescue

Erftstadt. Aus einer kleinen Geste ist eine große Hilfe geworden. Davon wurden Mia Engels (9) und Karla Lutze (8) aus Gymnich und ihre Eltern selbst überrascht. Aber einmal angefangen, lockte ihr Waffelverkauf, um Spenden für die Flutopfer zu sammeln, viele an, die helfen wollen. Kamen am ersten Tag der Sammelaktion am vergangenen Samstag rund 200 Euro zusammen, haben die beiden Mädchen inzwischen knapp 17.000 Euro zusammengetragen.

»Ja, ein bisschen müde sind wir schon«, sagte Mia am Freitag, nachdem sie mit ihrer Freundin bereits sechs Nachmittage lang süße Sachen verkauft hatte. »Aber wir wollen noch ein letztes Mal am Samstag und Sonntag Waffeln anbieten«, kündigte sie an. »Manche kaufen gleich zehn oder 15 Waffeln«, erzählte Karla. »Oder geben 30 Euro für eine Waffel.«

»Eine ältere Dame stellte ein Waffeleisen und Teig zur Verfügung«, berichtete Mias Mutter. »Am nächsten Tag standen plötzlich 600 Eier auf dem Tisch. »Und immer wieder kommen Nachbarn mit Spenden vorbei.«

Der Verkauf der süßen Sache startet an diesem Samstag und Sonntag ab 13 Uhr an der Schützenstraße 20 in Gymnich. Die Spendensumme soll danach an die Stadt übergeben werden.

1. *Der Mann vom Finanzamt.* »Na, ihr lieben Kinder. Habt ihr auch einen Gewerbeschein für euren Waffelstand? Wie sieht es mit der Umsatzsteuervoranmeldung aus?«

»Ach, der Herr Kasulke! Mal wieder im Dienste des Finanzamtes unterwegs? Und dann gleich so arschig? Wir haben hier einen Nachweis über unsere Gemeinnützigkeit und einen Freistellungsbescheid. Sie kennen Karlas Vater, nicht wahr? Er ist schließlich ihr Chef.«

»Nun, wenn das so ist. War jetzt auch nicht ernst ...«

»Jaja, Herr Kasulke. Wann immer wir Kinder hier im Dorf was auf die Beine stellen, um in Not geratenen Menschen zu helfen, kommen Sie an und machen den Alman.«

»Also, ich weiß jetzt wirklich nicht, was das ...«

»Sie sind vor zwei Jahren hier im Dorf aufgetaucht und haben inzwischen zwei Häuser gekauft und drei Eigentumswohnungen in der Stadt. Kann man sich das vom Gehalt beim Finanzamt leisten?, fragen wir uns da. Mein Vater fragt sich das ganz besonders. Er sagt beim Abendbrot häufiger: ›Ich glaube, der Kasulke lässt sich schmieren, aber ich habe ihm noch nichts nachweisen können.‹ Und dann noch diese ganzen anderen Sachen, von denen wir wissen. Irgendwas mit Darknet und Kindern, um es mal für uns beide altersgerecht zu formulieren. Da sind so einige Geschichten im Umlauf, die sind wirklich schlimm.«

»Also, ich geh jetzt. Schönen Tag ...«

»Nein, nein, Herr Kasulke. Sie haben noch keine Waffel gekauft.«

»Dann nehme ich eine Waffel, ja, eine Waffel nehme ich.«

»Eine Waffel, Herr Kasulke? Ist das nicht ein bisschen wenig für die Flutopfer? Wir meinen, die haben ihre Häuser verloren, Häuser, die sie mit eigenen Händen aufgebaut haben, auf die sie jahrzehntelang gespart haben. Ist da eine Waffel nicht der Hohn? Vielleicht können wir über den Preis diese Verachtung etwas kompensieren?«

»Ja, klar. Wie viel?«

»30 Euro für eine Waffel. Das wäre ein Zeichen der Anteilnahme, das hier im Dorf sicherlich positiv, wenn auch nur geringfügig, wahrgenommen wird. Ach, und bitte merken: Wir sind Samstag und Sonntag auch noch hier.«

2. *Der Nazi.* »Finde ich gut, Kinder, was ihr hier macht. Auch wenn ich glaube, dass das gar nicht passiert ist. In den Nachrichten der Systempresse stehen so viele erfundene Sachen. Also wenn das so passiert sein sollte und vor allem die Fehler, die gemacht wurden, so von wegen Vorwarnung und so, dann kann ich nur sagen: Früher hätte es das nicht gegeben. Ich spende euch 600 Eier von meinem Hof, für den Fall, dass das doch passiert sein sollte. Aber seht zu, dass eure Spenden nicht an die Syrer gehen. Schlimm, so was.«

»Die Syrer?«

»Ja, Syrer. In der Lügenpresse steht, dass da Syrer mithelfen. So von wegen ›Wir wollen was zurückgeben von der Hilfe, die wir in Deutschland erfahren haben‹. Abschieben hätte man die sollen.«

»Die 600 Eier nehmen wir gerne. Aber wir fragen uns, ob Ihre Frau damit einverstanden ist?«

»Wegen den Eiern? Damit hat die nichts zu schaffen. Das sind meine Eier.«

»Wir meinen nicht die Eier. Wir meinen die rassistische Kackscheiße, die Sie hier verbreiten. Und Ihre fragwürdigen, widersprüchlichen Aussagen bezüglich des Realitätsgehaltes einer Katastrophe, über die von den Medien objektiv berichtet wird. Eine Katastrophe, an der wir alle eine gewisse Mitschuld tragen, wobei die, in unserem Fall, aufgrund unseres Alters und unserer Unmündigkeit geringer ausfällt als Ihre.

Was wir aber insbesondere meinen, wenn es um die Ansicht Ihrer Frau geht, die im Übrigen wegen ihrer Mitwirkung im Kirchenkreis sowie im Vorbereitungskomitee für unsere Dorfkirmes, eine sehr hohe Wertschätzung im Dorf genießt ...«

»So geht das nicht, Karla, das ist ein total komplizierter Satz. Aus der Nummer kommst du nicht mehr raus. Außerdem ist unser Nachbar nach den ersten zehn Worten intellektuell nicht mehr mitgekommen.«

»Also, kurz gefasst, wir fragen uns, wie Ihre aus Algerien stammende Frau Ihre fragwürdigen Aussagen bezüglich syrischer Mitbürger kommentiert?«

»Die hat da gar nichts zu sagen. Das sind meine Eier.«

»Das mit den Eiern hatten Sie schon gesagt. Darum ging es auch nicht. Es ist im Dorf bekannt, dass Sie ein Nazi sind und bestimmte Organisationen finanziell unterstützen. Es ist ebenso bekannt, dass Ihre Frau die Hosen anhat. Daher würde es uns brennend interessieren, wie sie diese Aussagen bewertet.«

»Jetzt ist aber mal gut, Kinder. Wie es bei mir zu Hause läuft, geht euch nichts an. Macht hier weiter. Ihr werdet auf gar keinen Fall mit meiner Frau über bestimmte Dinge reden.«

»Ich fürchte, das können wir grundsätzlich mit unserem Gewissen nicht vereinbaren. Aber angesichts der Notlage der Flutopfer und unseres Engagements für diese sind wir bereit, Ihrem Wunsch nach Diskretion temporär entgegenzukommen.«

»Was heißt das?«

»100 Eier täglich als Spende selbstverständlich, und gerade sind Waffeln fertig geworden. Eben war der Herr Kasulke vom Finanzamt da und hat ordentlich gespendet, sehr ordentlich, muss man sagen. Sie scheinen Hunger zu haben. Vier frische Waffeln aus dem Waffeleisen von Oma Klüve werden den Hunger vertreiben.«

3. Die Oma. »Ach Kinder, ich freue mich ja so, dass ihr die Strapazen auf euch nehmt, um den armen Menschen zu helfen.«

»Das ist nicht so schlimm, Oma Klüve, wir machen das sehr gerne.«

»Hat euch denn das Waffeleisen gute Dienste geleistet?«

»Ja, Oma Klüve, einen Großteil der Einnahmen ... äh ... Spenden haben wir durch den Verkauf von Waffeln ... äh ... erreicht. Etwa 17.000 Euro sind zusammengekommen.«

»Ach, so viel? Meine Güte, ich hätte nicht gedacht, dass unsere Mitbürger so spendabel sind.«

»Nun ja ... bei einigen mussten wir appellieren.«

»Ach Gott, dachte ich mir doch, dass die nicht von allein was geben. Aber trotzdem, das Ergebnis kann sich doch sehen lassen. Soll ich euch morgen noch etwas von meiner Bärlauch-Konfitüre mitbringen? Wie hat die denn den Leuten gemundet?«

»Ja bitte, Oma Klüve. Die Konfitüre ist der Renner, alle wollen die haben.«

»Na gut, dann werde ich die morgen mitbringen. Ich muss los, Kinder. Macht nicht zu lange, ihr habt doch schon so viel geleistet.«

»Ja, Oma Klüve.«

1 Minute später:

»Sie hätte die Blutspuren an dem Waffeleisen entfernen können.«

»Ach, lass doch. Immerhin wissen wir jetzt, was aus Opa Gustav geworden ist.«

»Melden wir das?«

»Um Gottes willen, doch nicht Oma Klüve. Die ist eine Gute. Sie wird schon ihre Gründe gehabt haben, die Ehe mit Opa Gustav vorzeitig zu scheiden. Das muss uns und andere nichts angehen.«

»Und die Konfitüre?«

»Die geben wir dem Nazi oder Kasulke morgen mit.«

»Gute Idee.«

»Guten Tag, Herr Bürgermeister!«

ANGRIFF DER BRÜLLWÜRSTCHEN

Volker Surmann

Ein lauer Frühsommertag im Stadtpark. Die Sonne nimmt langsam den Horizont in den Blick, die Menschen auf den bunten Decken werfen immer längere Schatten. Der Park ist rappelvoll, und unser Lärmmessgerät zeigt 98 Dezibel an. Arbeitsschutzrechtlich müssten wir bei unserer Recherche Gehörschutz tragen: Gekreische, Gejohle, Gespräche auf Italienisch (einer Sprache, die werksseitig mit sechs Dezibel mehr ausgeliefert wird), zahllose Bluetoothboxen dröhnen um die Wette. Es konkurrieren Techno, Rap, R'n'B und Deep House. Die grüne Lunge der Stadt röchelt. Zwei Stockenten auf dem Teich nehmen Reißaus und halten ihren Küken die Ohren zu. Wir zählen nicht weniger als 23 Boxen auf einem Hektar Parkfläche. Das ist Rekord.

»Wir beobachten diese Entwicklung mit Sorge«, brüllt uns Dr. Severin Flock über die abendliche Kakophonie des Chillens hinweg. Er ist vom Verein Stadtvogelschutz, früher zählte er hier im Park Singvögel und Nistplätze, heute zählt er Brüllboxen. »Es wird echt Zeit, dass die Clubs wieder aufmachen!«, schreit Flock, »Noch einen Partysommer übersteht die Tierwelt nicht!«

Wildvögel stresst diese Entwicklung. Sie müssen lauter singen, das kostet Kraft. Manche verwirrt die akustische Dauerbeschallung. »Wir haben einen Zilpzalp beobachtet, der singt nur noch ›Zilp‹, das aber in 120 Beats per Minute!«

Die Entwicklung ist erst wenige Jahre alt, berichtet Flock,

als wir den Park verlassen und uns neben einer mehrspurigen Straße wieder normal unterhalten können. »Früher brauchte man für ordentlichen Wumms im Freien noch einen Ghettoblaster, der mit acht Babyzellen bestückt werden musste, die sauteuer und trotzdem sofort alle waren. Und man musste stapelweise CDs einpacken. Da war ein tragbares Grammophon aus den Zwanzigern leichter.« Zudem seien Ghettoblaster eher auf Industriebrachen und betonierten Innenstadtplätzen zum Einsatz gekommen, wo dann allenfalls ein paar Tauben zu den Tauben gezählt hätten. »Nur nach Michael Jacksons ›Thriller‹ gab es eine kurze Phase, wo gelegentlich Ghettoblaster in Parks gesichtet wurden«, erinnert sich der erfahrene Ornithologe. »Ein paar Kohlmeisen nahmen den Moonwalk sogar ins Balzritual auf.« Doch sonst blieb es ruhig im Grünen – bis zur neuesten Generation von Smartphones und Bluetoothboxen mit Lithium-Ionen-Akku. Seither reicht ein Lautsprecher vom Format eines Grillwürstchens aus, um einen Rave mit 110 Dezibel zu veranstalten.

Die Vogelfauna in Parks ist nachhaltig gestört. »Viele Arten ahmen Geräusche nach, bauen sie in ihre Gesänge ein. Wir wissen von einer Nachtigall, die nach ein paar Partys im Park sang wie Jan Delay. Ein Paarungserfolg stellt sich da natürlich nicht ein.« Auch Insekten sind betroffen, berichten Entomologen: Ameisen stolpern bei Technobeschallung signifikant häufiger über ihre sechs Beine. Bienen sind im Bereich von Bluetoothboxen desorientiert, wobei Forschungen ergaben, dass sie Deep House stärker verwirrt als Flowerpower. Und Peter Wohlleben schreibt in seinem neuen Bestseller »Die geheimen Ohren der Bäume«, auch stolze Eichen und Platanen würden lieber ihre Wurzeln in die Hand nehmen, anstatt noch eine Stunde länger Teenager zu beschatten.

Was aber treibt junge Menschen an, ihre Musik unfiltriert in die Natur zu blasen? Per Videocall befragen wir Dr. Melony

Chum, Environmental Behavioristin der Mumford University of Ecology. »Es ist ein paradoxes Verhalten«, erklärt sie das Offensichtliche. »Wir gehen in den Park, um Entspannung und Ruhe zu suchen, und das Erste, was wir machen, ist Lärm. Wieso?«, fragt sich Chum und vermutet archaische Verhaltenswurzeln: »Im Grunde ist es wie bei Hunden, die Bluetoothbox ist das gehobene Beinchen der Heranwachsenden. Eine akustische Urinmarkierung!«

Wenn diese Theorie stimmt, müssten zahlreiche Stadtparks wegen Überdüngung geschlossen werden. Tatsächlich überlegt manch Grünflächenamt, die Benutzung von Bluetoothboxen einzuschränken oder analog zu öffentlichen Grillplätzen akustische Erlaubnisflächen auszuweisen. »Das können gern dieselben Plätze sein, im besten Fall landet dann auch mal eins der Geräte auf dem Grill«, heißt es aus einem Amt hinter vorgehaltener Hand.

Womöglich finden sich auch andere Wege, der Invasion der Brüllboxen Einhalt zu gebieten. Ein Feldversuch mit Störsendern im Park einer deutschen Großstadt führte jedoch zu einem kakaphonen GAU, der im Nachhinein als kontrollierte Sprengung einer Weltkriegsbombe umdeklariert werden musste.

Auch Jesper Clausen vom Flensburger Institut für Angewandte Schadstoffhysterie arbeitet an diesem Problem: »Wir forschen intensiv daran herauszufinden, dass Bluetoothverbindungen Krebs verursachen. Wir sind da auf einem guten Weg. Zumindest konnten wir schon nachweisen, dass versehentlich verschluckte Bluetoothboxen Magenkoliken auslösen.« Bis die Magensäure zu wirken beginne, würden die Lärmemissionen aber um 32 Prozent reduziert.

Zurück auf der Wiese im Stadtpark sind wir versucht, dieses Forschungsergebnis gleich in die Praxis umzusetzen. Doch Severin Flock hält uns zurück. Er will mit den Verursachern ins Gespräch kommen.

Auf einer Decke treffen wir Kay-Mika, Cecil, Fynn-Baldur und Josefina-Horst. Es braucht nicht viele Blicke auf Style, Haarfarben, Tattoos und Sticker, um herauszufinden, dass wir es mit einer Gruppe ganz normaler, aufgeklärter Jugendlicher zu tun haben. Aus der mitgeführten Bluetoothbox quillt genderfluider Electroclash. Alle sind non-binär, für »Fridays for Future« und überzeugte Veganer*innen, weil sie für Tierrechte eintreten. Genau dort hakt der gewiefte Umweltpädagoge Flock ein: »Aber haben Wildtiere nicht auch ein angeborenes Recht auf Stille?«, schreit er in die Runde. »Ist es nicht total übergriffig gegenüber Singvögeln, in ihren angestammten Revieren anthropozentristisch motivierten Lärm zu verbreiten?«

Bei den Jugendlichen trifft Flock mit diesem Argument auf zwar taube, aber nichtsdestotrotz offene Ohren. »Ey, das ist ja irgendwie voll kolonial!«, ruft Fynn-Baldur aus und die anderen gucken sehr erschrocken, ihre Wokeness wackelt.

Nach einer zweistündigen Debatte räumen drei der Jugendlichen das Feld und starten eine Onlinepetition, die das Ende von Stadtparks als koloniale Refugien human-normativer Aneignung von Wildtierraum fordert. Nur Kay-Mika hat anders umgedacht und schließt sich einer Gruppe von Rap-Konsument*innen an, die zwei Bluetoothboxen weiter gerade einen Waschbären grillen.

»Eine weniger«, freut sich Severin Flock und geht zur nächsten Decke. Auch dieser Weg wird kein leiser sein.

DER TUNNEL

Nils Heinrich

Ich bin jetzt 50. Meine Realität sind Abrieb, Spliss und morsche Knochen. Es geht dem Ende entgegen. Bei Google Earth suche ich schon nach Autobahnbrücken, Hochhäusern und Friedhöfen.

Und weil das so ist, habe ich mir zum 50. Geburtstag was Schönes geschenkt. Nichts Materielles. Ich habe ja schon alles. Und was schenkt man jemandem, der schon alles hat? Richtig: eine Darmspiegelung.

Eine Darmspiegelung ist was Tolles. Jeder lobt dich dafür. Und hinterher weißt du, dass du nicht nur eine reine Weste hast, sondern auch einen sauberen Eurotunnel. Über das Thema Darmspiegelung lassen sich stundenlange Gespräche führen. Über dieses Thema kann man auch völlig unkonventionell mit wildfremden Menschen ins Gespräch kommen. In einer Bar beispielsweise: »Tschuldigung, junge Frau. Darf ich sie auf ein Getränk einladen? Ich komme gerade von einer Darmspiegelung und brauche jede Menge Flüssigkeit. Und Sie so?«

Warum Darmspiegelung? Ich mache das zur Vorsorge. Ich bin jetzt 50, da kriegt man das umsonst. Ich bin ein guter Deutscher. Wenn man was umsonst kriegt, bin ich dabei.

Vielleicht wollen ja auch andere dabei sein, vielleicht ist es also keine schlechte Idee, auch meine Follower auf Facebook aktiv an der Sache teilhaben zu lassen. Emotional triggernde Beiträge werden doch vom Zuckerberg-Algorithmus besonders gepusht, also Themen wie Einwanderung, Schulmedizin und alles, was braun ist. Und eine Darmspiegelung ist ja der Beste Mix aus Einwanderung, Schulmedizin und Braunigkeit, also hochemotional!

Vielleicht mache ich dort sogar einen Livestream? Ich schwanke noch. Ich weiß ja nicht mal, ob's beim Gastroenterologen WLAN gibt. Außerdem: Wer soll mein Handy halten, um den Kontrollmonitor abzufilmen? Ich kann nicht, weil ich ja auf der Liege liege, während in mir ein Glasfaserkabel verlegt wird.

Einige Tage vorher, zur Vorbereitung auf die Koloskopie, wie Profis die Darmspiegelung framen, gibt man mir eine To-do-Liste in die Hand.

Besser gesagt: eine Don't-do-Liste, die mir sagt, was ich wie viele Tage vor der Koloskopie nicht mehr essen darf.

Vier Tage vor der Prozedur keine Linsen und Erbsen mehr, auch keine Tomaten und ungeschälte Paprika. Aha. Nun weiß ich also, welche Gäste nach einer Einladung zu mir nach Hause besonders lange nicht mehr gehen wollen.

Einen Tag vor der Durchleuchtung darf ich morgens nur noch Weißbrot, Weißkäse, Quark und Streichwurst essen. Streichwurst – was für ein Wort. Püriertes Tier, abgefüllt in den eigenen Darm, zum Aufs-Brot-Schmieren. Oder als Schlachteplatte in Form von Leberwurst und Blutwurst schön warm mit mehlig kochenden Salzkartoffeln serviert. Ohne Salzkartoffeln dürfte ich die warme Streichwurst als letztes Frühstück vor der Darmspiegelung noch essen. Warme Wurst. Da läuft einem doch glatt das Wasser im Mund zusammen.

Ab mittags nur noch Brühe oder Suppe ohne Einlage essen. Suppe ohne Einlage – was für eine Einlage ist gemeint? Spareinlage, Slipeinlage? Wer isst sowas?

Danach dann überhaupt gar nichts mehr essen, stattdessen soll ich um 15 Uhr ein magisches Pulver, das man mir mitgab, in Wasser auflösen und über 60 Minuten verteilt trinken. Und dann soll ich mich in der Nähe der Toilette aufhalten. Aha. Auf der ich dann vermutlich viertelstündlich beichten gehe. Der Rest der Familie muss dann halt bei den Nachbarn klingeln. Aber nicht, um zu fragen: »Habt ihr mal ein Ei?«, sondern um zu sagen: »Papa ist auf dem Klo.«

»Danke für die Nachricht.«

»Kann ich bei euch gehen? Ich muss mal.«

»Nur, wenn wir ein Ei dafür kriegen.«

Gut, dass wir eine Zeitung abonniert haben. Die nehme ich dann mal mit. Ich werde zwar nicht verstehen, was da drin steht. Weil ich mich nicht konzentrieren kann. Weil mein Blut keine Nährstoffe mehr transportiert. Woher sollen die auch kommen? Mein Hirn bekommt nur noch ein paar recycelte Fettzellenrückstände und abgestandenen Sauerstoff aus der ungelüfteten Wohnung. Ich bin jetzt so weit, dass ich ohne Gegenwehr RTL gucken kann.

Gut, dann trinke ich das Zeug mal. Bin gespannt, wie der Raketentreibstoff seine volle Wirkung entfaltet. Wie das alles dann abläuft.

Sehr schnell weiß ich das. Zuerst ahne ich es nur, weil ich es gut höre. In meinem Bauch gähnt ein kleiner Wolf. Erst links, denn rechts, dann wieder mittig. Wenn er mal nicht gähnt, fährt er mit einem kleinen Moped durch meine Innereien. Mal nach links, mal nach rechts. Dann bremst er scharf und gähnt. Manchmal bläst er auch auf einem Kamm. Und dann, keine halbe Stunde später: »So, ich bin dann mal auf dem Klo.«

Alles ist im Fluss. Und es hört erst mal nicht auf.

Oder, wie Hartmut Engler einst sang: »Endlich ich. Zeit für mich.«

Mir wurde schon oft vorgehalten, besonders wenn ich bestimmte Filme mit Hugh Grant nicht sehen wollte, ein emotionsbefreites Kantholz zu sein. Damit ist es nun vorbei. Hier ist nun Offenbarung angesagt. Was ich jetzt gerade habe, sind pure Emotionen. Das weiche Wasser bricht den Stein.

Ich mache mir so meine Gedanken übers Fließen. Während es fließt. Zum Glück ist unser Bad gefliest. Wie viel Geld ist eigentlich in die Taschen der afghanischen Warlords geflossen? Wie lange dauert es, bis ein Hochwasser abfließt? Ab welcher Temperatur wird Stahl flüssig?

Von draußen vor der Tür stellt jemand eine Frage:

»Bist du schon wieder auf dem Klo?«

»Nein.«

»Nicht?«

»Doch.«

»Sag mal, was machst du da drin? Lässt du dir 'ne Wanne ein?«

»Wir haben keine Wanne.«

»Oh! So klingt das also.«

»Und in diesem Wasser würdest du auch nicht baden wollen.«

»Hör auf!«

»Würde ich ja gerne.«

Ich bin allein mit meinem Durchfall. Wobei Durchfall ein viel zu schnödes, blödes und billiges Wort ist für das, was hier abläuft. Viel besser wären: Thors Donnerhall, endlose Offenbarung, nasses Geständnis, Goldregen, Engelsgesang und natürlich Polonaise Blankenese.

Das mag jetzt zwar komisch klingen, aber: Ich habe Hunger. Das heißt: Im Mund läuft mir mehr Wasser zusammen, als ich woanders rauslasse. Also hab ich aus Futterneid, ich darf ja nix mehr essen, das gemeinsame Abendbrot mit der Familie geschwänzt. Ich kann den anderen jetzt nicht beim Essen zugucken. Egal, was ich rieche, ich bekomme Appetit darauf. Sogar auf frisch gewaschene Wäsche.

Ich sitze allein in meinem Zimmer und höre meinem Gedärm zu. Was da erzeugt wird, ist der gleiche Sound wie aus dem ersten Teil von *Der Herr der Ringe*, als die Gefährten nach dem Durchschreiten der gespenstisch toten Minen von Moria durch ein kleines Missgeschick mit einem Totenschädel, der einen versiegten Brunnen hinunterpoltert, diese unfassbare Angriffswelle der Orks heraufbeschwören, die einem Zwerg, einem Zauberer, einem Waldläufer und zwei Hobbits die Scheiße aus dem Leib prügeln wollen!

Genau diese Geschichte erzählt mein Gedärm gerade. Es ist die Hölle!

Nächster Tag. Der Tag, an dem mir der Gastroenterologe den Kabelanschluss legen wird, also der Steiger in die Grube einfährt. Ich muss kurz nach halb sieben Uhr morgens einen weiteren halben Liter Raketentreibstoff trinken. Dieses Zeug schmeckt jetzt so, wie ich mir den Eistee ›Dirtea‹ von Shirin David vorstelle, nur ungekühlt und nicht mit Codein-Hustensaft oder Tilidin vermischt, was ja der Lieblingstreibstoff jugendlicher E-Scooterfahrer ist. Oder wie ich sie mittlerweile nenne: »TeenE-Scooterfahrer«.

Meine Familie verlässt das Haus heute sehr schnell sehr viel früher als sonst. Profitipp von mir: Wer zu Hause mal schön seine Ruhe haben will, sollte eine Darmspiegelung machen lassen. Das ist echte freiwillige Selbstisolation. Und zwar eine, von der man definitiv nicht dicker wird.

Ab jetzt darf ich dann nichts mehr trinken. Ich zähle die Minuten und spüre mein Blut dicker werden. Noch vier Stunden bis zur großen Hafenrundfahrt. Welche Netflix-Serie könnte ich jetzt gucken?

Dann beim Arzt: »Ihr Blutdruck ist aber so was von normal!«

»Na ja, warum auch nicht? Kaum Blut, kaum Druck. Druck hatte ich die Tage vorher.« Denke ich mir. Und schon kommt der Onkel Doktor und plaudert mit mir, während er mir den

Engelmacher Propofol injiziert. Keine Ahnung, worüber wir gerade eben gesprochen haben, als nach einem recht angenehmen Traum, den ich während des Gesprächs unhöflicherweise hatte, an mir gerüttelt wird. Aha, da weckt mich jemand. Ich bin der Überzeugung, es ist morgens halb sieben. Ich werde meine Pflicht erfüllen. Ich werde mich senkrecht machen, wie ferngesteuert in die Küche schlurfen, das Kaffeemaschinenmonster anmachen, dem Kaffeemaschinenmonster sagen, dass es leise sein soll, mich an den Küchentisch setzen und mit dem Schmieren der Brote für die Kinder zu beginnen. Ja, dieser Überzeugung bin ich. Und zwar der festen Überzeugung.

Aber: Mein Plan, den Kindern Brote zu schmieren und das eine davon in die Kita zu bringen, wird vereitelt! Durch die einfühlsamen Worte: »So, Herr Heinrich, sie sind jetzt im Aufwachraum, jetzt dürfen Sie erst mal in Ruhe zu sich kommen.«

Das war also die Darmspiegelung? Die hab ich ja total verpennt! Was soll das denn? Wieso sagt einem das denn keiner?

Rückblickend kann ich sagen: Das Harmloseste an der Darmspiegelung ist die Darmspiegelung. Die kriegt man gar nicht mit. Und direkt nach dem Aufwachen hat man sie schon vergessen. Es sei denn, die Fachleute finden dort was. Das Mieseste an der Darmspiegelung ist das Vorprogramm: die Vorwäsche, die Hauptwäsche und der Schleudergang. Und der Hunger auf frisch gewaschene Wäsche.

Aber diese kleinen Luxusprobleme sollte eigentlich jeder Vertreter unserer hochkant laufenden Spezies locker wegstecken. Wir trinken ja auch freiwillig grüne Smoothies und den Milchshake von McDonald's, und wir steigen sogar in die S-Bahn, ohne vorher nachzufragen, was das mit uns macht und was da alles drin ist.

WORT & WIMPEL. EIN BOCKCAST

Thilo Bock

Es mag kurios klingen, tatsächlich: Ich hatte bis gerade eben keinen Podcast. Aber ich habe eingesehen: Ein Podcast muss sein. Ich bringe alle Voraussetzungen mit: Manchmal habe ich so etwas wie Ideen und noch viel mehr Zeit. Außerdem hat jeder in meinem Bekanntenkreis einen Podcast. Nehmen wir Tim. Tim hat seit einem halben Jahr einen Hund, einen Coronahund. Der Podcast, den er aufnimmt, wenn er mit Lumpi Gassi geht, war da eine Selbstverständlichkeit. Titel, logisch: »Tim & Lumpi«. Wobei Lumpi selten zu Wort kommt. Ich glaube, der ist die ganze Zeit am Pinkeln, Kacken und Schnüffeln, während Herrchen ihm Sachen erzählt, die ihn vermutlich erstens nicht interessieren und die er zweitens mental gar nicht erfassen kann. Da geht es mir ähnlich. Und mir wächst nicht mal Fell. So was will ich auch. Am Anfang habe ich mich gefragt: Podcast, was heißt das eigentlich? Wie gut, dass es Suchmaschinen gibt. Demnach ist »Podcast« ein Kofferwort. Also jetzt nicht so wie in: Ich packe meinen Koffer und nehme dreihundert Likes mit, ein Hundefell, eine Ökobrause ... Ökobrause, das ist übrigens voll witzig. Tippt man in die Suchzeile »Ökobrause« ein, poppt sogleich Reklame für Wassersparduschköpfe auf. Aber die packt man ja nicht in den Koffer, oder? Gibt es Leute, die ihren eigenen Duschkopf mit in den Urlaub nehmen, so wie andere ihr Kopfkissen? Ist vielleicht wegen der Keime wichtig. Das erspart einem das Duschen mit FFP2-Maske, wie es vorgeschrieben ist in allen

Bundesländern mit einem K im Namen des Landesgesundheitsministers. Nee, kleiner Scherz! So ein Podcast soll auch ein bisschen mit Augenzwinkern sein. Bitte nicht deswegen auf die Straße gehen. Ich weiß, ich weiß, hier kochen gleich die Emotionen über. Ich empfehle, diese mit einer Limo abzukühlen. Praktischerweise gibt es dazu das passende Getränk, es heißt »Limotion«. Die zahlen mir für diese Nennung aber nichts, falls das jemand denkt. Zumindest noch nicht, wenn ihr wisst, was ich meine, liebe Leute von »Limotion«. »Limotion« ist ebenfalls ein Kofferwort. So eine Art Sprach-Matroschka, in der mehr als ein Begriff steckt, meistens sind's zwei, die zu einem neuen Begriff verschmelzen. Und so wird eben auch aus »iPod« und »Broadcast« die Sendung für den Eierbecher mit Klinkenstecker. Ursprünglich wollte ich gleich in die Vollen gehen und sieben Tage die Woche 24 Stunden lang podcasten. Aber Tim hat mich darauf aufmerksam gemacht, dass dann nicht alle Leute Zeit hätten, sich die kompletten Folgen anzuhören. Deshalb will ich mich vorerst auf vier bis acht Stunden pro Tag beschränken. Der Trend geht allerdings zur Parallelbetextung. Noch mehr Input, noch mehr Entertainment, noch mehr Stimmen, die womöglich gegen die kopfeigenen anquatschen. Jeanne d'Arc wurde von so einem Schizocast dazu gebracht, den französischen König zu krönen. Mark David Chapman erschoss John Lennon. Und wir laden uns die neue Folge »Jung und Freudlos« herunter, den Podcast aus der Freiburger Psychiatrieklinik. Ich hoffe ja auch, dass mein Podcast die Gespräche mit dem Therapeuten ersetzt. Augen lassen sich schließen, Ohren bleiben offen bis zum völligen Funktionsausfall. Im Küchenradio laufen die »Informationen am Mittag«, die Kinder erzählen beim Biobuchweizen-Brei, was ihnen am Vormittag so alles beigebracht worden ist, Alexa liest aus »Landlust« vor, und das Smartphone spielt einen Podcast mit den 500 besten Virologenwitzen ab. Haha, ich lach mir den Geruchssinn weg! »Kommt eine Mutante ins Impfzentrum und fragt: ›Werde ich hier impfresistent?‹« Die Nachbarskinder podcasten jetzt auch. Im Deutschunterricht! Titel: »Die Fehlerteufelchen und der Lesefant«. Stärkt bestimmt die Medienkompetenz. Manch Schülerin und Schüler könnte ja auf den Geschmack kommen: Berufswunsch Podcaster. Lerne fürs Leben: Du musst kein Influencer sein, um blöd rumzulabern. Podcasts haben ja einen langen Atem. Das ist ein bisschen wie ein Muttitelefonat. Mit deren Stimme am Ohr lässt sich durchaus mal die Zimmerpalme abfeudeln oder das Bügelperlenmosaik zu Ende stecken. Das erinnert an »Eine links, eine rechts, einen fallen lassen«, den Podcast von Ari und Caro. Beide sitzen strickend am Mikrofon, man hört die Nadeln klappern, und sie erzählen die Podcasts nach, die sie letzte Woche gehört haben. Das dauert meistens länger als die Originale. Am Ende beschließen sie gemeinsam, welchen Podcast sie sich in Zukunft sparen, also fallen lassen. Böse Stimmen im Netz behaupten, das sei alles Fake. Angeblich könnten die beiden gar nicht stricken. Ich fänd ja besser, die nacherzählten Podcasts wären erfunden. Gut war allerdings die Folge, in der Ari und Caro das »Coronavirus-Update« von Professor Drosten zusammengefasst, aber ganz andere Schlüsse daraus gezogen haben. Vielleicht sollten sie das gleich ganz übernehmen. Im Gegensatz zu Ari und Caro soll Drosten ja noch einen richtigen Beruf haben. Irgendwas mit Weltrettung. Hätten Spiderman und Superwoman Podcasts, möglicherweise auch einen gemeinsamen, in dem sie sich über ihre unglaublichen Superheldeneigenschaften austauschten, wäre die Welt längst unterjocht von fiesen Schurken wie Doctor Octopus und der Baroness Paula von Günther. Der Drostenpodcast kommt bald auf 100 Folgen. Die Serie »Breaking Bad« hatte bloß 62. Und da ist schon die zweite Staffel falsch abgebogen. Wäre doch viel spannender gewesen, wenn Walter White nach seiner überraschenden Genesung zurück in den Schuldienst gekehrt wäre. Hätte so eine richtig schöne High-School-Serie werden können. Und in einem Spin-off würde er mit seinem Schwippschwager Hank einen Antidrogen-Podcast aufziehen. »You better drink beer.« Da hätte ich jetzt auch Lust drauf. Mit Bier werde ich so schön mitteilsam. Je länger ich hier über Podcasts sinniere, desto deutlicher wird mir, dass das genau mein Ding ist. Nur über was soll ich reden? Ich stelle Google genau diese Frage: »Worüber soll ich podcasten?« Die ersten 25 Suchergebnisse erklären mir lediglich, was ich brauche, um loszulegen. Erst Nummer 26 erkennt meine Notlage: »Das passende Podcast-Thema finden leicht gemacht«. Und das ist echt easy: Inhalt egal, Hauptsache, du kannst Stunden drüber reden. Das Wie ist auch schnuppe, solange du authentisch rüberkommst. Ist ein bisschen so wie in der Kneipe, wo Leute, die nichts zu sagen haben, pausenlos palavern, meistens sogar, ohne dafür auf die Fresse zu kriegen. Am sympathischsten sind mir dort stets die Menschen, die ganz viel zu sagen hätten, und trotzdem die Klappe halten, sich höchstens mal vieldeutig in die Stille hinein räuspern oder ein »Jau, so is dat!« verlauten lassen, damit man sie nicht für tot hält. Voll die Weltidee ist das! Ein Podcast von einem, der viel zu sagen hat, das aber für sich behält. Ja, selbst wenn mir das schwerfiele – ich würde es auf mich nehmen. Zwischendurch ist ein Schniefen zu hören, ein Seufzen, ein Aufstoßen. Vielleicht fällt auch was um, eine Flasche oder ein Wimpelständer. Bisweilen sage ich »Ja, ja«, damit die Zuhörenden wissen, dass sie mir tatsächlich dabei zuhören, wie ich nichts sage. Und ich lade mir Gäste ein zum gemeinsamen Schweigen. Erste Folge: Prinz Harry und Papst Franziskus. Letzterer hält seine Klappe sogar auf Latein. Ab morgen täglich, mindestens fünf Stunden nonstop. Ich freue mich drauf! Und Ihr doch sicher auch!

DIE BUCKLIGE VERWANDTSCHAFT

Robert Rescue

»Haben Sie einen Offlineshop?«

Mein Gegenüber am Telefon schweigt einen Moment.

»Wie meinen Sie das?«

»Na, so was wie ein Ladengeschäft. Also mit Tür und einer Klingel, die kling-kling macht, wenn man reinkommt oder rausgeht. Und einem Tresen, wo man sagt, was man haben will oder Bescheid sagt, dass man etwas abholen möchte. Also nix mit Paypal und Bestätigungsmail. Also nicht für Leute aus Wanne-Eickel oder Passau, sondern für jemanden wie mich aus dem Wedding. Sie sind in Moabit, ich im Wedding. Ist ein Katzensprung.«

»Also, eigentlich machen wir nur Onlineverkauf. Aber für Sie könnten wir eine Ausnahme machen.«

»Gut, das wollte ich hören. Dann bestelle ich jetzt mal online und komme am Montag um 14 Uhr vorbei, um die Sachen abzuholen.«

Den ganzen Aufwand betreibe ich für meine britischen Verwandten. Sonst habe ich mit ihnen nicht viel zu tun. Auf Facebook verfolge ich, wie mein Cousin und seine deutsche Frau beim Inder sitzen oder er mit dem Motorrad durch die Gegend düst. Ab und an besuchen sie meinen anderen Cousin, sitzen alle vier beim Inder oder die beiden Männer düsen mit den Motorrädern durch die Gegend. Das mit den Motorrädern dürfte sich erst mal erledigt haben oder haben die noch Benzin im Keller gebunkert?

Manchmal sehe ich Videos, aber ich verstehe kein Wort. Die reden kein richtiges Englisch, sondern so einen Inselslang, den außer ihnen niemand versteht. Deshalb besuche ich die nie. Ich könnte mich nicht mit ihnen verständigen. Außerdem sind sie überzeugte Brexit-Befürworter. Es gibt also nicht den geringsten Grund, mit ihnen überhaupt Kontakt zu halten. Vor kurzem aber hat mir die Frau meines Cousins geschrieben, dass er im Oktober sechzig wird und ob ich eine Karte schicken könne. Warum zur Hölle eine Karte? Reicht nicht ein Happy Birthday auf Facebook? Aber nicht nur das, sie wünscht sich für ihn einen Kühlschrankmagneten als Geschenk. Hat die, gelinde gesagt, den Arsch offen? Wo soll ich denn einen Kühlschrankmagneten auftreiben? Glaubt die, ich wohne in der Friedrichstraße neben einem Touri-Nippesladen?

Aber jemanden auf Facebook wegen eines Kühlschrankmagneten zu entfreunden und somit deutlich zu machen, was man von der Anfrage hält, ist lächerlich angesichts der Legion an Fehlverhalten, die das eher nötig machen würde, wie das Liken eigener Beiträge, das Posten von Artikeln, die jeder schon kennt oder das Posten solcher Spiele wie »Nenne einen Filmtitel, und das ist das, was du abends essen sollst« oder so ähnlich.

Also habe ich recherchiert. Bleibt wohl nur der Touri-Nippesladen in der Friedrichstraße. Was aber, wenn der alles Erdenkliche hat, wo »Berlin« draufsteht, aber keine Kühlschrankmagneten? Muss ich dann weiter zum Touri-Nippesshop Unter den Linden oder Ku'damm? Soll ich einen Tag Shopping einplanen, um schlimmstenfalls nicht fündig zu werden? Auf keinen Fall. Ich setze doch nie im Leben einen Fuß in einen solchen Shop. Als Tourist woanders schon, aber doch nicht in der Stadt, in der ich seit 28 Jahren lebe. Gibt es im Wedding Kühlschrankmagnete? Ich meine, denkt man sich mal einen Berlinbezug weg, dann sind das doch dekorative Elemente, um die sonst schmucklose Kühlschranktür zu verschönern, oder nicht? Ich habe ja auch einen, da steht »Döner macht schöner« drauf. Habe ich geschenkt bekommen, sonst würde ich mir sowas nie dranpappen. Meine Schwägerin hat nicht explizit geschrieben, dass sie einen »Berlin«-Kühlschrankmagneten haben will, aber ich gehe einfach mal davon aus, dass ein Mittelstandsehepaar aus dem Großraum London einen solchen haben will, wenn sie schon jemanden kennen, der in Berlin wohnt. Oder soll ich denen den »Döner macht schöner« schicken? Hat ja irgendwie auch einen Berlinbezug.

Und dann schicke ich den per Post, oder wie? Geht das überhaupt noch, jetzt wo das Land im Chaos versinkt? Bestimmt dauert das länger als eine Lieferung zum Mars oder an Erika Mustermann. Sie hat geschrieben, er habe Ende Oktober Geburtstag. Jetzt haben wir August. Dann nehme ich mal an, dass sie weiß, wie lange es dauert.

Ich recherchiere im Internet. Die ganzen Shops haben auf ihren Webseiten keinen expliziten Hinweis darauf, dass sie Kühlschrankmagnete verkaufen. Das läuft bestimmt auf den erfolglosen Shoppingtag hinaus. Dann stoße ich auf einen Verlag in Moabit, der Umschläge, Frühstücksbretter und Kühlschrankmagneten herstellt. Das ist die Idee. Anstatt zu so einem schmierigen Touri-Nepper-Dealer nach Mitte zu fahren, wo Millionen von Touristen Tonnen von Handtüchern, Kaffeetassen und Schneekugeln für teuer Geld erstehen, suche ich im Slum Moabit eine Hinterhofwerkstatt auf und ziehe mir das Ding lauwarm aus der Stanze.

Ich stöbere im Onlineshop nach Motiven und entscheide mich schließlich für »Paris (durchgestrichen, darüber Berlin) is always a good idea«. Mit dem Motto kann ich schon lange nichts mehr anfangen, aber es ist auf Englisch, das zeigt, dass ich mir über das Geschenk Gedanken gemacht und nicht das nächstbeste genommen habe, um den Scheiß hinter mich zu bringen. Ich gehe zur Kasse.

Da steht in einem Kästchen, dass der Mindestbestellwert 10 Euro beträgt. So ein Mist! Hm, ich brauche natürlich einen Umschlag und wohl eine Karte, wo ich mein Happy Birthday drauf kritzle. Es fehlen noch 5 Euro. Das Einzige, was ich im Shop finde, was einen signifikanten Sprung über die 10 Euro hinlegt, ist ein Frühstücksbrett. Eines mit Muscheln drauf. Verdammt, da habe ich ein Jahr lang intensiv dem Lifestyle-Minimalismus gefrönt und meine Besitztümer auf Vordermann gebracht und jetzt fange ich wieder an, meine Wohnung vollzumüllen. Ach egal, die Sache muss erledigt werden. Ich greife zum Handy.

Als ich auf das Verlagsgebäude zugehe, treffe ich auf den Geschäftsführer, der mich sofort erkennt. Das macht mich stutzig. Habe ich etwas an mir, dass den Eindruck erweckt, ich hätte was online bestellt und wolle es nun offline abholen?

»Einen Kunden wie Sie haben wir noch nie gehabt«, begrüßt er mich.

»Was meinen Sie damit?«

»Wir liefern in der Regel nur an Touri-Nippesläden und die bestellen, nun ja, wie soll ich es sagen, Mengen, die einen gewissen Arbeitsaufwand nötig machen. Unser Lagermeister Herr Kasulke würde sich niemals für einen einzigen Kühlschrankmagneten bücken. Ich musste das dann selbst machen.«

»Sehr freundlich.«

Der Geschäftsführer lächelt gequält und nimmt, als wir das Lager erreicht haben, die Quittung von einem Tisch. Meine Bestellung liegt daneben in einer Klarsichthülle.

»Ich habe gesehen, dass Sie auch die Versandgebühr bezahlt haben. Das wäre ja nicht nötig gewesen.«

Es gab an der Onlinekasse keine Möglichkeit, das abzuwählen. Ich habe es ins Kommentarfeld geschrieben, dass ich die Ware abhole, aber das ist der Software natürlich egal. Ich habe die Bestellung zehn Mal wiederholt, alle Häkchen gesetzt und geflucht, was das Zeug hält, bis mir klar wurde, dass ein Online-Shop ohne Versandgebühr, logisch betrachtet, unmöglich ist.

»Ich wollte die Sache zeitnah erledigen. Dafür leiste ich alles. Sogar die Versandgebühr für einen Kühlschrankmagneten, den ich abhole. Wissen Sie, der soll nach England gehen. Da zählt jede Sekunde. Bricht dort doch gerade alles zusammen. Meine Verwandten sollen sich an dem Kühlschrankmagneten erfreuen, wenn sie in ihrem kalten Haus bei Kerzenschein an den letzten French Fries nuckeln.«

Kurze Zeit später verlasse ich den Hinterhof und trete den Nachhauseweg an. Wenn mein Cousin mir nicht was Nettes zum Geschenk schreibt, entfreunde ich ihn und meine Schwägerin und den anderen Cousin samt Sippschaft am besten gleich dazu. Nicht, dass dessen Frau irgendwann auf die gleiche Idee kommt.

FÜNF-MINUTEN-OLYMPIAREPORTAGE

Volker Surmann

Ja, meine Damen und Herren, da sind wir wieder in Tokio. Ein neuer Wettbewerb geht hier erstmals an den Start, die Fünf-Minuten-Sportreportage – eine traditionelle Disziplin, gepflegt seit Einführung der Rundfunkübertragung, aber zum ersten Mal selbst olympisch.

Hier macht sich gerade der erste deutsche Athlet bereit: Heribert Flusen startet für das ZDF, 61 Jahre alt, damit im besten Alter eines Sportreporters. Weit weg von eigener körperlicher Betätigung. Flusen, eine Reporterlegende, seit 40 Jahren dabei, hat schon alles wegmoderiert, was es zu moderieren gab: Fußballbundesliga, Handball, Flunkiball-Einzel, Vielseitigkeitsreiten der Hinterwäldler und Rosenzüchten im Halbmittelgewicht.

Kurz zum Reglement: Bei der Fünf-Minuten-Sportreportage wird der Athlet in eine Reporterkabine geführt und muss dann über die Distanz von 300 Sekunden eine zufällig ausgewählte olympische Disziplin moderieren, von der er definitiv keine Ahnung hat, beziehungsweise haben kann, weil es sie nämlich gar nicht gibt. Einziges Hilfsmittel: eine Starterliste. Hier ist Kreativität und Erfahrung gefragt. Da braucht man auch Wortschatz, Aussprache, mitunter sogar Hirn.

Und da fällt der Startschuss. Katrin Müller-Hohenstein schaltet zu Heribert Flusen, und damit läuft seine Zeit! Aus der Kabine müsste Flusen jetzt sprechen. Flusen spricht! Los! Los! Los! Und er hält sich nicht groß mit Formalitäten auf, sondern startet sofort die Moderation!

Begrüßt die Zuschauerinnen und Zuschauer zum olympischen Wettbewerb im 50-Kilometer-Stehen der Herren. Sehr souverän macht er das, stellt sofort die historische Bedeutung dieses olympischen Augenblicks dar! Das ist gut vorgelegt von Heribert Flusen! Historisch auch dieser Moment, denn Heribert Flusen könnte erster Deutscher Medaillenanwärter in dieser jungen Disziplin werden! Und er geht er hier sehr souverän an, erwähnt auch sofort den deutschen Starter, denn nur um den geht es hier und seine Medaillenchancen, das ist wichtig! Darauf achtet extra ein Nationalismus-Juror. Aber einem deutschen Starter wird hier sicherlich kein Patzer unterlaufen, schließlich ist Nationalismus hierzulande Volkssport!

Und Heribert Flusen scheint einen guten Tag erwischt zu haben. Der ist heiß! Fällt sofort in ein routiniertes Geplapper, da spielt er all seine Erfahrung aus: Plappern, das kann er! Bei der Leichtathletik-WM 2005 in Helsinki war er ja schon Vizeweltmeister im Seiern, seine legendäre Marathonreportage hinterließ bei den Fans blutende Ohren. Tatsächlich werden zu lange Pausen streng geahndet. Das wird alles elektronisch erfasst. Wenn ein Sportreporter sechs Sekunden lang nichts sagt, gibt es automatisch eine Verwarnung von der GEZ. Heribert Flusens gesammeltes Schweigen darf zusammen nicht länger als 30 Sekunden dauern, sonst wird er automatisch disqualifiziert. Das müssen Sie sich so vorstellen: Er wird dann von Kampfrichtern aus der Kabine gezerrt und durch Bela Réthy ersetzt. Aber da müssen wir uns hier keine Sorgen machen. Herbert Flusen ist ein ausgewiesener Ausdauerplauderer, er hat sogar schon mal Thomas Gottschalk an die Wand gequasselt. Er hat seine Stimme noch nie abgegeben! Jeder Reporter hat da ja seine eigenen Hausmittel. Einige schwören auf Magnesium am Mikrofon, um Verletzungen an der Unterlippe vorzubeugen, andere vertrauen auf isotonisches Heilwasser, Elektrolytlösungen, einige Maß Bier oder eine Flasche Single Malt.

Fachlich improvisiert Heribert Fusel, äh, Flusen gerade am Mikrofon und dreht sich rein in einen eineinhalbfach gefaselten Topspin-Bluff. Den hat er sehr sauber gesprochen! Und ja, man nimmt es ihm sogar ab, dass Männer in den olympischen Stehwettbewerben großen Wert auf ihr Schuhwerk legen und wegen der Abnutzung der Sohlen spezielle Standsandalen kaufen. Im Schuhekaufen seien die Steher fast so gut wie Frauen. Gut gemacht! Ein kleiner sexistischer Witz zwischendurch, das mögen die Kampfrichter! Das darf in einer olympischen Sportreportage einfach nicht fehlen. Ich bin sicher, das gibt eine hohe Wertung für Heribert Flusen, da könnte er heute ganz vorne mit dabei sein!

Und da hat er auch gerade ganz geschickt einen Anglizismus platziert, *gelanced*, wie die Fachleute sagen. Die Judges achten ja auf excitement, Nationalismus und das Wording. Ich bin sicher, Flusen ist ganz vorne dabei. Gold stinkt nicht, heißt es immer, aber ich sag mal: Hier riecht's trotzdem nach Edelmetall! Go, Flusen, go!

Aber was macht er denn da? Da rutscht ihm doch tatsächlich ein positiver Satz über einen nicht-deutschen Athleten raus. Oh, oh, das gibt definitiv Abzüge im Nationalismus! Aber es war zum Glück nur über einen Belgier, der da neben dem deutschen Steher ... äh ... steht, das darf mal passieren. Nicht auszudenken, er hätte einen Chinesen gelobt! Das wär's gewesen mit einer Medaille!

Heribert Flusen schaut nun auf die Uhr. Jetzt nur noch eine Minute! Sie hören die Glocke! Heribert Flusen sabbelt sich auf die Zielgerade. Das ist hart, da brennt nun die Lunge, da spaltet sich die Zunge, aber Flusen ist ein Profi! Ein Könner! Und er legt noch einen drauf!

Jetzt wechselt er unvermittelt in eine leise Passage, geht volles Risiko mit dieser Taktik. Auch das wollen die Kampfrichter sehen. Ob da jemand gefühlig sein kann, ob da im Hals des Reporters vielleicht noch ein kleiner Goethe quer stecken geblieben ist: Und das *ist* er!

Wenn wir Heribert Flusen so in diesem Wechselspiel von Stimme und kaschierter Kenntnis betrachten, wirkt es so tänzerisch leicht wie das Rumpeln einer Waschmaschine, die sich in einem marmorierten Badezimmer elegant hin und her bewegt.

Da brandet hier Applaus auf! Super gemacht, Heribert! Drei, vier Sätze noch, und dann geht das rote Licht aus! Dann ist er nicht mehr auf Sendung. Heribert Flusen gibt zurück zu Katrin Müller-Hohenstein und ist raus! Da ballt er die Faust und beißt sich fast die Zungenspitze ab! Eine Superleistung von Heribert Flusen! Und da kommt auch schon die Wertung: 8,9, 9,4 und eine 9,7! Das ist der erste Rang für Flusen! Und ich möchte mich jetzt schon mal festlegen: Das wird eine Medaille! Nur drei Athleten kommen noch, aber einer davon ist der Schweizer Urs Körnli, der wurde schon mehrfach wegen langer Gesprächspausen disqualifiziert. Nein, Heribert Flusen hat hier Bronze sicher. Heribert Flusen holt die erste Medaille in der Fünf-Minuten-Sportreportage für Deutschland! Und mit diesem fabelhaften Ergebnis gebe ich von der Tokioter Metaebene zurück ins Studio zu niemand Geringerem als Katrin Müller-Hohenstein.

KEINE GNADE

Frank Sorge

Im öffentlichen Nahverkehr wird es wieder unangenehm, die Nasenbären sind zurück. In der Tram auch wieder einer ganz ohne, beziehungsweise vor das Doppelkinn runtergezogen, ein Mann neben mir bittet den Verweigerer freundlich, den Vorhang hochzuziehen. Kassiert aber eine diametral unfreundliche Abfuhr. Ich schimpfe nur, dass so ein Verhalten wahnsinnig dämlich ist und wechsle den Wagen.

Bei allem, was wir den Kindern jetzt in den ersten Schultagen zugemutet haben, sollten sie froh sein, wenn meine Generation schneller stirbt als gedacht. Weil wir die Pandemie nicht in den Griff gekriegt haben, müssen sie den Immunkampf in der Schule ausfechten.

Was ich dort sehe: Ein Kind weist ein anderes Kind im Schulflur zurecht, dass es die Maske aufsetzen soll. Obwohl ich nichts mit der Situation zu tun habe, zucke ich zusammen ob des kindlichen Tonfalls. Der keine Ausrede zulässt, der keine Gnade kennt. Alle müssen, also du auch. Jetzt!

Im Sommer waren wir mit den Kindern wieder in *Klaras Erdbeerhölle,* beziehungsweise *Ernas Erdbeerland,* ihr wisst schon. Jedenfalls mussten wir dort auch für Fahrgeschäfte in engen Schlangen stehen und hatten Unmaskierte und Halbmaskierte dabei. Unter anderem eine Mutter, die die Maske etwas tiefer trug und die eine kleine Tochter auf dem Arm hatte. Als nach einer Weile der Tochter auffiel, dass etwas an der Mutter nicht stimmte, griff sie mit spitzem Finger an deren

Maske und zog sie vorwurfsvoll ein Stück hoch. Eigentlich ein Bild, um es noch einmal in Öl zu malen. Die Kinder helfen den Erwachsenen dabei, konsequent zu bleiben, ich sehe es überall. Es sollte doch eigentlich andersherum sein.

Auch ich selbst muss aufpassen mit meinen Nachlässigkeiten. So bewegen sich meine Kinder keinen Schritt in einen Raum hinein, in dem wir eine Maske tragen sollen, auch nicht, um dann dort die Maske aufzusetzen. »Papa!« Keine Ausrede, keine Gnade, ich muss. Es muss vor dem Flur sein, nicht im Flur, es muss vor der Treppe sein, nicht auf der Treppe.

Meine Kinder erfinden gerne Lieder, es macht ihnen Spaß, zu improvisieren. Der aktuell angesagteste Liedtext allerdings ist im Moment nicht sehr abwechslungsreich, er lautet: »Scheiß Corona, scheiß Corona, scheiß Corona.« Trotzdem tragen sie den ganzen Schulunterricht durch eine Maske, sitzen dabei im Zug weit offener Fenster, verstehen sich und die Lehrerinnen schlecht, testen sich dreimal die Woche.

Was die durchstehen, das gibt ihnen jedes Recht und jeden Nachdruck, mein Maskenverhalten zurechtzuweisen. Gebt den Kindern doch mal etwas Sendezeit, am frühen oder späten Abend, im Fernsehen. Jeden Tag ein paar Minuten aus dem Mund eines Grundschülers Argumente hören, wie man sich zu verhalten hat, könnten überzeugender wirken als alles andere. Keine Ausrede, keine Gnade. Umweltsau!

Ab wann man da sagt »jetzt ist Schluss«, weiß ich auch nicht. Die Kinder halten den Ball flach, treiben die Inzidenz nicht hoch, handeln konsequenter für unsere Sicherheit als wir für ihre, gedankt wird es ihnen nicht. Wären sie dazu in der Lage, könnten sie einen Aufstand organisieren, könnten sie wählen, wäre die Richtung eindeutig.

»Was sind Bürgerrechte?«, fragt mich mein Sohn vor dem Einschlafen. Er ist sechs, und ich habe keine Ahnung, wie er darauf kommt. Ach doch, »Kokosnuss und die Römer«, da kommt das Wort vor. »Bürgerrechte«, sage ich, »das ist etwas, das die Erwachsenen haben.«

Auf dem Weg zur Schule zeige ich ihm Wahlplakate und erkläre, was bald ansteht. »Also, was ich machen würde«, sagt er, und ich weiß nicht genau, ob er als künftiger Wähler, als Wahlvertreter oder als Imperator der Galaxis spricht, »weg mit Scheiß-Corona, weg mit den Abgasen, weg mit dem Lärm!«

»Wir haben jetzt eine Pandemie der Ungeimpften«, sagt der Gesundheitsminister, ich kenne von denen eine ganze Menge. Fast alle unter 1,30 Meter groß, außerordentlich duldsam, solidarisch. Für sich selbst bräuchten sie das nicht machen, sagen auch Ärzte des RKI ins Fernsehen, sie machen das für alle Nasenbären. Ich finde die Lösung interessanter, die Unsolidarischen einfach auf den Mond zu schießen. Da kann jeder die Maske ganz in Eigenverantwortung abnehmen.

HEIKO MAAS

Nils Heinrich

Was tut doller weh – sich eine Stecknadel unter den Fingernagel zu schieben oder sich mit einem glühenden Lötkolben an der Brustwarze zu kitzeln? Antwort: im *heute-journal* ein Interview mit Heiko Maas anzugucken, nachdem Kabul von den Taliban eingenommen wurde. Marietta Slomka hat sich dieser Höllentortur unterzogen, und es wirkte vom ersten Augenblick an so, als würde sie statt eines Interviews mit dem amtierenden Außenminister vergeblich versuchen, bei der komplett automatisierten O2-Hotline einen menschlichen Mitarbeiter ans Rohr zu kriegen.

»Möchten Sie Ihren Vertrag verlängern?«

»Herr Maas, warum haben Sie nicht früher gehandelt?«

»Sie wollen also eine neue SIM-Karte bestellen.«

»Herr Maas, warum hat auch Ihre Partei am 23. Juni, vor fast zwei Monaten, im Bundestag gegen den Antrag der Grünen gestimmt, afghanische Hilfskräfte schnell und unbürokratisch vor den anrückenden Taliban zu retten?«

»Ich verstehe, Sie möchten ihr Datenvolumen erhöhen.«

»Herr Maas, was machen Sie eigentlich beruflich? Kann man davon leben?«

Man muss sich Heiko Maas als einen sehr müden Menschen vorstellen. Seit Jahren im falschen Beruf gefangen, mit einer anstrengenden Schauspielerfreundin gesegnet, die ihn regelmäßig zum Angucken ihrer ARD-Fernsehfilme verdonnert, und überhaupt stammt er aus dem Saarland und wollte da eigentlich nie raus. Die Frage ist nur, was größer ist: sein Desinteresse an seinem Job oder das Desinteresse von Angela Merkel an ihren Ministern. Aller vier Wochen darf sich ein anderer Ressortleiter bis auf die Knochen blamieren. Man bekommt immer mehr den Eindruck, dass da eine Bande schlecht gelaunter Misanthropen seit vier Jahren die jeweiligen negativen Energien bündelt, um beim Wettbewerb »Ich untertrumpfe dich noch mehr!« garantiert Letzter zu werden. Die Bildungsanja, die Verbraucherschutzweinkönigin, der Verkehrsschwindler, der Gesundheitsmonchichi, der Finanzolaf mit dem Wirecard-Trauma, der Wirtschaftspeter, der Kanzleramtshelge, der Innenhorst und, seitdem er im Amt ist, der kleine Heiko mit den hängenden Schultern, der immer wirkt wie dieses selbstmordgefährdete Kind aus der Multisanostol-Werbung, das bei jeder Pfütze traurig denkt: »Menno, auch zu flach zum Ertrinken.« Sogar das sprechende Designerhemd Guido Westerwelle erscheint gegen Heiko Maas im Rückblick wie ein visionärer Weltenlenker.

Man hat die Taliban nicht kommen sehen. Sagt Heiko Maas. Also: Ich persönlich höre wirklich nicht rund um die Uhr Nachrichten. Aber in den letzten Wochen hab ich die Taliban da so was von kommen hören. Immer, wenn ich mal kurz das Radio an hatte!

Oha, dachte ich mir da, die Jungs sind mal fix unterwegs. Nicht mehr lange, dachte ich mir, und die haben das ganze Land. Und jetzt frage ich mich natürlich schon, weshalb nicht ich Außenminister bin, sondern so ein Androide auf Schwachstrom.

Ist es deutsche Arroganz, niemand anderem den Blitzkrieg zuzutrauen als dem eigenen Opa? Vor über 80 Jahren hätte auch keiner gedacht, dass die Wehrmacht in nur drei Tagen und Nächten den kompletten Benelux-Bereich überrennt. Und das halbe Polen. Niemand ahnte, dass die Deutschen keinen

Schlaf brauchen, sondern durchbrettern mit dem Panzer, weil sie komplett auf Pervitin waren. Wo drauf sind die Taliban? Auf Tilidin? Auf Muezzin? Oder reicht bei denen Fanta?

Was weiß ich.

Auf jeden Fall haben sie entweder »Speedy Gonzales – die schnellste Maus von Mexiko« geguckt oder aber Hitler-Dokus auf n-tv. Und dabei haben sie sehr gut aufgepasst. Im Gegensatz zu Heiko »Nicht einschlafen, das ist auch für mich die sechste Stunde« Maas. Der behauptet jetzt eisern, dass Flugzeuge bereitstehen, um Helfer auszufliegen. Mal ehrlich: Da hebt eine Transportmaschine ab, die größer ist als das Saarland, und an Bord sind nur sieben Auserwählte? Warum schickt man da nicht gleich den ADAC? Der hätte mit einem kleineren Flugzeug mehr Leute rausgeholt!

Hatten die, die nicht mit an Bord durften, kein Freischwimmerzeugnis dabei oder was? Und ist Heiko Maas ernsthaft der Meinung, dass die Taliban, diese riesige Prophetenboygroup, deren Mitglieder kostümiert sind wie Johnny Depp in *Fluch der Karibik*, irgendjemanden zum Flughafen durchlassen, wenn er die Parole sagt: »Ich finde euch doof, ihr Schafaugenlutscher, macht euren Scheiß ohne mich!«

Nee nee, Heiko. Wenn man dir im Interview mit Marietta Slomka beim Verschlimmbessern des ordnungsgemäß abgelaufenen Nicht-Fluchthilfe-Debakels zuhört, während man sich ein heißes Bügeleisen an die Stirn drückt, damit es nicht so wehtut, dann hätte im Spätsommer 1989 jeder einzelne Ossi in der Prager Botschaft RECHTMÄSSIG einen dreißigseitigen Antrag zur Erteilung eines Antragsformulars in doppelter Ausführung ausfüllen müssen, um ihn per Fax an eine 0190-Nummer zu schicken. Aus der Telefonzelle!

Ich habe schwer den Eindruck, dass die unterlassene Hilfeleistung eiskalter Vorsatz ist. Bitte, bitte, bitte keinen einzigen Flüchtling mehr, dieses Jahr ist Wahl und der Sozenbuddy Olaf

Scholz holt gerade auf, weil er sich gefühlt komplett aus allem raushält – Hochwasser, Klimawandel, Corona: Bloß nicht anfassen! Und bloß keine weitere Stimme für die AfD, dann lieber ein paar Auspeitschungen und öffentliche Erschießungen und Steinigungen und Amputationen für ehemalige Bundeswehrhelfer in Afghanistan. Das interessiert in Deutschland eh keinen mehr, sobald hier irgendwo ein Elektroauto brennt! Und die Grünen haben das vor knapp zwei Monaten eh nur vorausgesehen, weil sie seit dem Balkankonflikt eine verkappte Kriegspartei sind! Und mit solchen Leuten wollen seriöse Parteien nichts zu tun haben!

Die FDP, die jetzt mit am lautesten poltert, hat sich übrigens bei der Abstimmung über den Antrag zur Rettung der Bundeswehrhelfer am 23. Juni im Bundestag enthalten. Lieber gar nicht retten, als schlecht retten.

Am 26. September ist Bundestagswahl. Und vielleicht sollte man da einfach mal jemanden ankreuzen, der keine Regierungserfahrung hat.

BÄCKER GESUCHT

Robert Rescue

»Also, Herr Schweiger, Sie haben sich bei »We serve today for a better tomorrow« als Bäcker beworben. Ihnen ist aber klar, dass wir keine Bäckerei im üblichen Sinne sind, oder? Und wir sind auch kein Amt oder ein Start-up für irgendeinen unnützen Internetscheiß, wo wir jemanden für unsere Kantine suchen. Unsere Dienstleistung unterstützt die außenpolitischen Interessen der Regierung der Vereinigten Staaten von Amerika. Wir sind in Kandahar im südöstlichen Afghanistan stationiert und das ist, das müssen Sie vorab wissen, ein von allen Göttern verfluchter Ort, an dem das absolut Böse versucht, sich die Welt untertan zu machen. Meine Frauen und Männer sind jeden Tag unzähligen Gefahren ausgesetzt und alle diese Gefahren tragen den Namen Taliban. Diese Schafhirten sind das hinterhältigste Banditenpack, das seit den Vietkong den Frieden der Menschheit bedroht und deshalb leisten wir einen wertvollen Dienst. Machen Sie sich das bewusst.

Sie schieben bei uns keine vorgefertigten Brötchen in einen Industriebackofen oder packen Kuchen aus einer Massenproduktion aus und schmeißen je ein Stück auf einen Pappteller. Ich erwarte von Ihnen höchste handwerkliche Kunst, denn Ihr Beitrag ist die Moral der Truppe und damit der Endsieg über diese verkommenen Bastarde da draußen, die in Felsspalten hausen, Gewehrhülsen auslutschen und das für Haute Cuisine halten und sich gegenseitig ..., ach, das will ich mir gar nicht ausmalen. Ein Beispiel: Kennen Sie Agent Orange? Also, jetzt nicht dieses Entlaubungsmittel, auf das die Vietkong so überempfindlich reagiert haben. Ich meine einen Flammkuchen, den wir gerne nach Einsätzen genießen. Großartiges Zeug, kann ich ihnen sagen. Also Sie müssen das nicht zubereiten, aber es wäre prima, wenn doch.

Sie sind fortan unser Head Baker und damit gleichberechtigt mit den anderen an vorderster Front. Ich will offen mit Ihnen sein, Herr Schweiger, denn unbedingtes Vertrauen zueinander ist der Grundpfeiler unserer täglichen Mission. Sie haben, wie ich ihren Unterlagen entnehme, bei den Grenztruppen gedient und haben damit Kampferfahrung. Es ist mir gleich, wie lange das her ist. Sie bekommen eine Auffrischung auf die modernsten Waffensysteme. Sie fragen sich, warum? Nun, als Teil von »We serve today for a better world« sind Sie ein Teil der kämpfenden Truppe, denn der Drecks-Taliban hält Ihre Handwerkskunst nicht im Geringsten so hoch, wie wir es tun. Butter bei die Fische. Ihren Vorgänger hat es erwischt, ebenso wie den Koch. Ich bin seit 30 Jahren für Amerika im Dienst und habe eine Menge gesehen, bis vor kurzem habe ich geglaubt, dass ich alles gesehen habe. Aber ich habe noch nie erlebt, dass eine Gulaschkanone zum Angriffsziel werden kann.

Ich bin der Meinung, eine Gulaschkanone würde laut den Genfer Konventionen behandelt wie ein Lazarett. Ein ehrbarer Gedanke, aber so etwas ist den Taliban natürlich fremd. Eine Gulaschkanone mit einer Panzerfaust zu attackieren, das geht gar nicht. Ich meine, Sergeant Miller hatte an dem Tag seinen 250-sten Kill, und Anderson, ihr Vorgänger, hatte ihm dafür eine Erdbeertorte mit Schokorand versprochen. Alle Kameraden haben ihn angefeuert an dem Tag. Verstehen Sie, Miller hat sich gefreut an dem Tag und die verdammten Taliban haben ihm diese Freude verdorben. Aber, Glück im Unglück, Miller hat überlebt, war aber derart sauer, dass er das ein

Dutzend von den Filzbärten hat wissen lassen. Aber natürlich war die Trauer um Anderson und Kasulke, den Koch, gewaltig und wir haben uns alle geschworen, dass so etwas nie wieder passieren darf. Seien Sie sich gewiss, dass die Augen Ihrer Kameraden allzeit auf Ihnen ruhen werden, denn das, was Sie an Torten und Frühstücksbrötchen zaubern werden, ist das, was ihre Kameraden in dieser Hölle am Leben hält, was einen Ausweg aus diesem Albtraum bedeutet, ein Licht in der Finsternis.

Kameradschaft gilt für alle von uns. Ich möchte Ihnen ein Beispiel dafür geben: Vor einigen Tagen haben die Taliban unsere liebe Tamana entführt, unseren Special Ops Support für Bodenhygiene. Ein absolut abscheuliches Verbrechen. Die liebe Tamana, die klaglos den Scheiß ihrer Kameraden weggeräumt hat, die die Lache verschütteten Dosenbiers aufgewischt hat, die die Toiletten so sauber gehalten hat wie die Mama zu Hause. Ihre Familie lebt in den Bergen und genießt unseren Schutz. Wir schauen da gelegentlich nach dem Rechten und lassen Geschenke da. Für die lieben Kleinen Süßigkeiten, die Anderson gebacken hatte und worüber sich die Kinder total freuten. Für die Frauen Aufklärungsbroschüren und für die Männer eine Flasche Schnaps, damit die sich mal ein wenig entspannen können. Ich meine, wie die da leben, ich könnte das nicht.

Was ich sagen will: Auf Tamana lassen wir nichts kommen, da können Sie jeden hier im Camp fragen. Sie können sich vorstellen, was wir gemacht haben. Die Waffenkammer leergeräumt, die Nachtsichtgeräte eingepackt, die Geländewagen vollgetankt und dann ab zu den Taliban. Es gibt Grenzen in der gegenseitigen Konfrontation, und eine davon haben diese Schafficker überschritten. Wir haben Tamana rausgeholt und den Taliban deutlich gemacht, dass sie so etwas nie wieder tun werden. Achten Sie auf meine Worte. Sie werden das nie wieder tun, verstehen Sie? Es ging um eine robuste Lektion, die erteilt werden musste. Für die Brüder von denen, die da noch in den Felsen rumkriechen.

Sie sehen, die Arbeitsbedingungen und die Gesundheit unserer Mitarbeiter liegen uns am Herzen. Die Bezahlung ist grandios. Und Sie haben Ihren Enkeln was zu erzählen. Sie können als Anschlussverwendung nach dem Ausscheiden ein Buch über ihre Erlebnisse schreiben. Das stelle ich mir spannend vor. Da wird jeder Verlag zugreifen und Sie verdienen eine Menge Geld mit dem Verkauf. Ich sehe vor mir schon den Titel des Buches: Irgendwas mit »Krieg und ... Schrippen« oder »Ohne Mampf kein Kampf«. Sie sehen, diese Aufgabe hier bietet eine Menge Vorteile und keinen einzigen Nachteil.

AMPEL AUF ROT

SEPTEMBER 2021

LAUTER LOBHUDELEIEN

Nils Heinrich

*Da uns Brauseboys das Wählen nicht leichter fällt als allen anderen, nutzen wir seit vielen Jahren unsere Strahlkraft, um vor Bundes- und Abgeordnetenhauswahlen antretende Politiker*innen auf unsere Bühne einzuladen. Begrüßt wurden sie dieses Mal von heiteren Lobhudeleien.*

CDU

Die Bundesrepublik Deutschland wäre nicht denkbar ohne die CDU. Diese Partei regiert das Land seit mindestens 250 Jahren. Stabil, krisenfest, wasserdicht! Selbst, wenn man sie nicht wählt, regiert sie einen, weil sie dann ja immer zwei andere wählen. Bei ihr fühlen sich die Bürger nicht nur abgeholt, sondern auch mitgenommen und abgeliefert. Und das zu recht. Sie lebt auch heute noch vom Nachhall großer Namen wie Norbert Blüm, Helmut Kohl, Ludwig Erhard und Dieter Thomas Heck. Die *ZDF-Hitparade* unter den Parteien war schon immer ein Garant für gutes Gefühl und eine Lebensversicherung gegen unnötige Umverteilungsexperimente.

Die CDU, die Ado-Goldkante unter den Parteien, hat nach dem Krieg aus einer zerbombten, rauchenden Bunkerlandschaft voller Nazis eine glänzende Industrienation geformt, die von lupenreinen Demokraten mit einer Karosserie aus gebürstetem Edelstahl verkleidet wurde. Zwischendurch nahm diese barmherzige Wirtschaftsmacht mal eben furchtlos die halb verhungerte, erzkommunistische Exklave DDR unter ihre Fittiche. Die CDU, das Verwöhnaroma unter den Parteien, ist ein Fels in der Brandung. Ein Leuchtfeuer in tiefer Nacht und ein sicherer Hafen für alle Menschen, die sich in Sicherheit nicht nur wiegen, sondern auch schunkeln wollen.

Jetzt heißt es also Gas geben, trotz Klimaschutz! Warum nicht mehr Populärkultur im Wahlkampf? In den 70ern fuhr ein Zug mit Schlagerstars durch Westdeutschland, auf Wahlkampftour für die CDU, die DNA der Bundesrepublik. Mit an Bord: Howard Carpendale! Der hat ja gerade mit »Hello again« das Land durchimmunisiert. Also könnte mit ihm auch der sehr erfolgreiche Wahlkampf von Armin Laschet noch ansteckender, aber auch *zärtlischer* werden! Für die CDU, die Werthers Echte unter den Parteien.

CDU – die Macherpartei.

Machen, machen, machen und mit Armin Laschet lachen.

SPD

Die Trümmerfrau unter den parlamentarischen Turnvereinen. Die älteste Arbeiterpartei der Welt. Die Klaus Lage unter den Parteien: unsere gute alte Tante SPD. Nachdem sie im alten Jahrhundert der Liebling aller Kabarettisten war, wurde sie ab den Zweitausendern nur noch wüst beschimpft. Die arme SPD unter Gerhard Schröder befand sich plötzlich in der siffigen Situation, Ideenlieferant, Hassobjekt und thematische Voodoopuppe aller Komiker zu sein, die mit billiger Effekthascherei die größten Säle des Landes voll bekamen.

Die SPD war eine Partei für Leute, die auf Biegen und Brechen herausfinden wollten: »Was ist das eigentlich – Depression?«

Auch in Berlin hat die SPD aufgeräumt. Weil die überzuckerten Rowdys von der CDU ein versunkenes Atlantis hinterließen, musste Klaus »Ich weiß, wie man einen Flughafen baut« Wowereit mit dem Kärcher durch.

»Sparen, bis es quietscht«, hieß die Devise. Und das traf natürlich vorwiegend Jugendprojekte, Kultur und anderes soziales Gedöns. Was niemand braucht, dem es um Arbeitsplätze geht. Anfang der 90er war Neoliberalismus der heiße Scheiß, und die SPD wollte ganz vorn dabei sein. Sonst hätten ja wieder alle gesagt: »Boah, ihr seid so alt, ey!«

Das Mastermind des Abschaffens war Thilo Sarrazin. Auch die Bürgerämter hat er zusammengekürzt. Und weil er durchs jahrelange Abschaffen irgendwann aufm Trip war, schrieb er wie im Wahn gleich noch einen Bestseller übers Abschaffen und ist damit Millionär geworden. Also kurz gesagt war das Motto der SPD fast 20 Jahre lang: »Haste Kacke am Schuh, haste Kacke am Schuh.«

Doch nun die Trendwende: weil Olaf »Brechmittel bringen niemanden um« Scholz im richtigen Moment die Klappe halten kann, führt er in den Umfragen. Crazy Shit! Die Wolfgang Petry unter den Parteien mischt wieder ganz vorne mit. Was für ein Comeback!

Ihre erste erfolgreiche Singleauskopplung heißt natürlich »Mindestlohn 12 Euro!«

In den Augen des Wanderpredigers Armin Laschet natürlich purer Satanismus. Aber für die SPD, die Currywurst unter den Parteien, eine ganz klare Maßnahme für gerechte Bezahlung und anständige Teilhabe. Auch die albanische Altenpflegerin und der westrumänische Wurstpellenwäscher sollen genug übrig haben, um sich nicht nur zwei Teslas zu kaufen – den einen zum Fahren, den anderen zum Aufladen – sondern auch, um mit der Restkohle in Panama eine Briefkastenfirma zu gründen!

Das ausgeblutete Brandenburg mit Berlinern bevölkern, den

großen Austausch vollziehen, das ist der raffinierte Plan von Franziska Giffey, der eisernen Lady mit der sturmfesten Hochsteckfrisur. Es ist ein böses Gerücht, dass die immer adrette Wiedergängerin von Doris Day, deren Lieblingsfilm *Dune, der Wüstenplanet* ist, Berlin zu einer begehbaren Blockbusterkulisse machen will, die mit ihren neu gebauten Mietkasernen aussieht wie Giffeys Geburtsstadt Frankfurt an der Oder, einer traurigen Plattenbauausstellung kurz vor Polen.

Nein, nein! Die Frau, die per Copy and Paste dafür gesorgt hat, dass in der Berliner SPD mehr CDU enthalten ist als in der CDU, will Berlin einfach nur zu einer kühl lächelnden Lifestyle-Metropole machen, auf die ganz München neidisch ist! Und wenn hier noch mal irgendein oberschlauer Akademiker, der noch nie einen Fehler gemacht hat, diese absolut irrelevante, winzig kleine Nichtigkeit mit diesem Plagiat da ans Tageslicht zerrt, dann ist er sofort seinen Taxischein los!

Wir sind hier nicht auf der Suche nach einem Doktorvater, wir wollen eine Stadtmutter! Franziska Giffey, die Maggie Thatcher 2.0, hat das Zeug, die Sozialdemokratie in Deutschland ganz nach vorne zu powern.

Zusammen mit Olaf Scholz, dem Kraftriegel auf zwei Beinen, und Karl Lauterbach, dem Virenschreck vom Rhein, hat sie aus der Wasserleiche SPD eine muskulöse Zehnkämpferin gemacht, die höher, schneller und weiterkommt als Friedrich Merz mit allen beiden Flugzeugen zusammen.

Bündnis 90/Die Grünen

Die Grünen sind eine Partei, die es schafft, dass sich Blackrock-Managern mit Testikeln dick wie Wassermelonen vor Angst die Nasenhaare aufstellen. Das ist auch kein Wunder. Denn die nette Verbotspartei von nebenan will unsere bisherige Lebensweise auf links drehen, in den Mixer werfen und zu einem grünen Smoothie pürieren. Es soll nicht nur landesweit, sondern weltweit so werden wie in Baden-Württemberg, das ja schon seit einer vollen Dekade von den Grünen regiert wird und zu einem klimaneutralen, veganen Fahrradfahrerparadies umgebaut wurde!

»Schaffe, schaffe, Häusle baue« ist nicht mehr. Seit zehn Jahren heißt es »Abschaffe, abschaffe, Wohngemeinschaft einrichte«.

Daimler wurde längst verstaatlicht und hat die Produktion komplett auf Lastenräder umgestellt. Das neueste Modell ist groß wie eine G-Klasse und hat Sonnenkollektoren auf dem Dach. Porsche wurde sofort nach der Machtergreifung von Winfried Kretschmann persönlich geschlossen und verplombt. Keine zwei Stunden später schon war das Porsche-Stammwerk in Untertürkheim nur noch ein Gerücht, nachdem es ein befreundetes und von den Grünen rechtzeitig ins Land geholtes marxistisch-wahabistisches Dschihadistenkollektiv in die Luft gesprengt hatte. Dort, wo einst der legendäre 911er stolz aus der Werkshalle glitt, erstreckt sich heute ein von Dattelbäumen umhegtes Mohnfeld, welches die größte Moschee zwischen Mekka und Mannheim umschließt.

Alle lächeln den ganzen Tag und pulen sich gegenseitig beim Kraftyoga die Salatreste aus den Zahnzwischenräumen. Natürlich gibt es auch keine sozial konstruierten Geschlechterrollen mehr. Jedes darf sein, was es ist. Oder was es in einem Tutorial gesehen hat.

Noch ein Beweis für das große grüne Glück: Der deutsche Bürgermeister, den 120 Prozent aller Deutschen kennen, ist nicht etwa der Bürgermeister von Hamburg, München oder Berlin. Mitnichten: Es ist der Bürgermeister von Tübingen! Ja, richtig, das Tübingen hinter Plochingen, Metzingen, Nürtingen, Reutlingen, Schwindingen, Findlingen, Bimpfingen,

Singenklingen, Dahingingen, Ringringen: Boris Palmer, der Rucola-Rabauke aus dem Neckartal.

Noch darf das freche Trollingerteufelchen im Rahmen der »Von hinten durch die Brust ins Auge« zielenden Marketingkampagne der Grünen reden, wie ihm die Maultasche gewachsen ist. Hauptsache, man ist in irgendeiner Timeline drin, egal warum! Aber direkt nach der geordneten Übergabe der Staatsgeschäfte an Annalena Baerbock, nach der Kapitulation des trägen, alten rheinischen Kapitalismus, wird auch er sich einmal wöchentlich in einem Gesprächskreis einbringen, um sein letztes Facebookposting zu erklären.

Das und auch alles andere gilt dann nicht mehr nur für Baden-Württemberg, sondern fürs ganze Land. Wir freuen uns.

FDP

Das Leuchtfeuer der Freiheit, der parlamentarische Arm aller Zahnärzte und Yachtbesitzer: die FDP. Viele hatten sie schon aufgegeben. Höhnisch wurde sie verlacht, als sie vor acht Jahren aus dem Bundestag flog. Doch das ist lange her. Unter ihrem strahlend schönen Vorsitzenden Christian Lindner dreht sich der Laufsteg. Der Mann hat einfach Stil. An seinen wie gegossen sitzenden Anzügen passt alles. Da sind keine Ärmel zu lang wie bei Olaf »Wirecard« Scholz.

Christian Lindners Erscheinungsbild steht für Glamour, lässige Eleganz und Zielstrebigkeit in Freiheit. Christian Lindner ist für mich schon lange der Finanzminister der Herzen. Allein schon dank seiner gleichermaßen gepflegten und über den nötigen Spritzer Spitzbübigkeit verfügenden Attitüde, die die Tür zum Herzen jeder Schwiegermutter nicht nur öffnet, sondern ausbaut. Jeder würde ihm abnehmen, wenn er einem Innovationstreiber wie Kim Dotcom staatliche Subventionen in Höhe von 40 Billiarden Euro zusichert, weil der versprochen hat, eine in einem polnischen Wald entdeckte alte Nazi-Bohnerwachsraffinerie zur Wasserstofffabrik umzubauen und zwecks verlustfreier Kraftstoffgewinnung direkt auf der Sonne zu installieren!

Wer auch immer das Ruder über ein hoffentlich bald freies Deutschland übernehmen will, ohne es in den Strudeln linksgrüner Fünfjahrespläne kentern zu sehen, braucht die Expertise der Freiheitspartei.

Die Wirtschaft einfach machen lassen! Zeit wird's! Viel zu lange schon musste sich unsere anständige Wirtschaft, das Rückgrat und die Daseinsberechtigung der Deutschen, von willkürlich erteilten Dekreten aus dem Kanzleramt knechten lassen. Kein Wunder, kamen sie doch von einer FDJlerin, die den sozialistischen Schlendrian mit der Muttermilch aufgesogen hat und mit absolutem Kadavergehorsam stalinistische Anordnungen aus Brüssel befolgte, mit denen uns Griechen, Italiener, Slowenen und all die anderen Kostgänger in den Staub getreten haben.

Also: Steuern runter! Was soll das überhaupt? Leistung soll sich wieder lohnen. Damit ist aber keine staatliche Leistung gemeint. Nein: die persönlich erbrachte und in materiellen Werten manifestierte Leistungsfähigkeit kreativer Gehirne.

Wir wären schon längst weiter, wenn die Bewohner dieses Landes nicht nur eigene Fahrzeugflotten besitzen würden, sondern auch die Straßen dazu. Dann hätte jede Person ihre eigene Straße, die von der eigenen Firma direkt zum Eigenheim führt. Fazit: Niemand nimmt anderen Platz weg. Es gäbe keine Staus mehr, und man braucht auch nicht so einen Quatsch wie Tempolimit.

Friede den Parkhäusern, Krieg den Mietwohnungen!

Und wenn alles zugebaut ist, zieht man ein zweites Stockwerk hoch, so what? Dann hat auch niemand mehr Probleme mit Hochwasser.

Die FDP, die Butter Lindner unter den Parteien, wird dafür sorgen, dass sich jeder von uns eine Eigentumswohnung leisten wird, die schon nach drei Generationen vollständig abbezahlt ist! Niemand muss mehr Miete abdrücken. Die Rente besteht aus Aktien! Und wenn jetzt jemand sagt: »Aktien sind Glücksspiel«, dann sage ich: »Rentner spielen doch eh alle Lotto! Lasst uns auch die Altersvorsorge zur Tippgemeinschaft machen!«

Es wird höchste Zeit, dass die FDP, die Sonne unter den Parteien, endlich, endlich, endlich Regierungsverantwortung bekommt. Dann können alle mal sehen, was Christian Lindner auch außenpolitisch auf seiner teflonbeschichteten Pfanne hat. Er, der sich regelmäßig persönlich vom weißrussischen Honorarkonsul über die Verhaftungen, äh, Fortschritte der dortigen Demokratiebewegung informieren lässt, hat nämlich den Makel, nur der gut frisierte Bademeister eines Sammelbeckens enorm erfolgreicher Egomanen zu sein, endgültig übertüncht, äh, abgeschüttelt.

Holen wir uns die Zukunft! Aber nicht zur Miete!

Die Linke

Heute und hier wollen wir den amtierenden Berliner Kultursenator ehren. Einen standfesten Freund, dem arbeitsscheues Gesindel wie wir es zu verdanken hat, diese Pandemie überlebt zu haben, ohne einen Finger krumm zu machen. Während Künstler, die das Pech haben, in anderen, neoliberal regierten Bundesländern vor sich hin zu vegetieren, nur mit Mühe und Not als Musiklehrer, Abdecker oder Lieferando-Fahrer über die Runden kommen, können wir nichts als unserer Kunst verpflichteten Berliner Arbeitsallergiker uns seit Monaten kolumbianisches BiokKoks mit dem Premiumlieferdienst Hello Fresh+ in die Maisonettewohnungen hochtragen lassen.

Lieber Klaus, lass es mich ganz deutlich sagen: HDGDL, Kusss-Emoji, Herz-Emoji, Kätzchen-Emoji und eine Aubergine. Du bist unser Lebensmensch. Ohne dich hätten wir uns im Frühling beim Spargelstechen den Rücken ruiniert! Was willst du trinken?

Und jetzt mal ehrlich: Ist es nicht ein geiles Gefühl, in einer Partei zu sein, vor der Markus Söder Muffensausen hat?

Gestandene Testosteron-Alphas machen sich in ihre Boss-Hemden aus Angst vor einem Linksruck. Einem Linksruck in einem Land, das mit Eigenheimen zugepflastert ist, die hinter Mauern oder fetten Hecken versteckt werden und deren Besitzer sich nur im Geländewagen raustrauen. Zum Einkaufen bei Aldi.

Zu recht befürchtet man einen Linksrutsch. Draußen im Land brodelt's. Das geht ja schon hinter der Berliner Stadtgrenze los! Jeder, der mal einen ostdeutschen Freizeitpark oder ein Wellnessbad besucht hat, kennt diese bulligen, stark tätowierten Linksextremistinnen, die gerne zu viert im selben Lastenrad vorfahren und augenblicklich dank ihrer totalitären Aura bedrückte Stimmung verbreiten. Mit ihren Marx-Engels-Tattoos.

Klaus! Lass uns deine roten Socken sehen! Wir wissen doch, dass das in Wahrheit aufblasbare Jakobinermützen sind, die ihr euch noch in der Wahlnacht über eure diktatorischen Dickschädel zieht, bevor ihr überall im Land eure Guillotinen auf den Marktplätzen errichtet und öffentliche Rasuren für Immobilienmakler anbietet. Noch parken die Dinger ja in Form von harmlosen Lastenrädern vor euren Wahlbüros. Aber nach der Revolution werden sich die Todestransformer zu ihrer wahren Gestalt zusammenbauen. Und dann wird aufgeräumt. Nur die wahre Parteichefin Sahra Wagenknecht hat dann noch die staatliche Autorität, auf der Straße zu revoltieren. Weil SIE, die berühmteste Altenpflegerin des Saarlandes, den Aufstand erfunden hat.

Sahra geht mit gutem Beispiel voran. Sie ist nicht geimpft, weil ihr noch keine Langzeitstudien vorliegen. Zum Vakzin gegen eine Krankheit, die es immerhin schon seit 18 Monaten gibt! Das war 1989 anders, da lagen Sahra genug Langzeitstudien zum Sozialismus in der DDR vor, sodass sie in die SED eintrat, während draußen irre Querdenker für so einen Quatsch wie Reisefreiheit demonstrierten. Na ja, Schnee von gestern. Jetzt fährt sie mit dem Audi-Dienstwagen durchs Land und erzählt kommunistischen Rentnern, wie verlogen die Jugend ist. Recht so!

Wir wollen weg von den Lifestylelinken und hin zur echten Diktatur.

Klausimausi, wir Ossis müssen zusammenhalten, dann können wir die Macht an uns reißen!

Sag mir, wo du stehst und welchen Weg du gehst.

Für Frieden und Sozialismus, seid bereit!

WAHLKAMPFAUFTAKT

Heiko Werning

Juchu, der Wahlkampf geht los! Ich bin hoch erfreut – endlich mal was anderes als Corona in den Nachrichten. Interessiert lese ich über die Entwicklungen: Während die Öffentlichkeit noch mit Hochspannung auf die Release des neuen CDU-Blockbusters *Wahlprogramm* wartet, der vermutlich aber pandemiebedingt nur bei Disney Plus mit VIP-Zugang gestreamt wird, hat die zwölfköpfige Taskforce »Annalena« der FAZ aus gut unterrichten Kreisen, nämlich Pattensen-Schulenburg bei Hannover, erfahren, dass die Kanzlerkandidatin der Grünen ihren Lebenslauf noch erheblich weitreichender geschönt hat, als bisher bekannt. Sie soll in der achten Klasse zweimal im Politik-Test vom dicken Peter abgeschrieben haben. Tolle Völkerrechtlerin! Und kein Wort davon in ihrem Curriculum Vitae! Wenn ihre Parteifreund*innen jetzt noch herauskriegen, dass sie den wegen seiner Karl-May-Obsession als verschroben geltenden dicken Peter in einem schockierenden Fall von Cultural Appropriation mehrfach bei seinem Spitznamen »Winnetou« genannt hat, dürfte es um Baerbocks Kanzlerambitionen endgültig geschehen sein.

Damit ihm nicht Ähnliches widerfährt und am Ende doch noch Friedrich Merz Kanzlerkandidat wird, dem Patzer wie nicht gemeldete Nebeneinkünfte in Höhe von 25.000 Euro niemals unterlaufen würden, weil er sich mit solchen Kleinstbeträgen erst gar nicht abgibt, hat sich Armin Laschet nun professionelle Hilfe geholt: Ex-Bild-Chefredakteurin Tanit Koch soll seine Wahlkampfberaterin werden. Eine Ex-Bild-Chefredakteurin! Denn nichts ist für einen konservativen Kanzlerkandidaten so wichtig wie Glaubwürdigkeit und ein seriöses Image. Und wer könnte glaubwürdiger und seriöser für christliche Werte einstehen als die sensible Journalistin? Zumal ihr Lebenslauf garantiert gänzlich ungeschönt ist – sie gibt es ja offen zu, Bild-Chefredakteurin gewesen zu sein.

Dagegen hätte Baerbock allenfalls eine Chance, wenn sie jetzt noch die Unterstützung des aktuellen Bild-Chefs Julian Reichelt fände. Robert Habeck hat dafür ja immerhin schon mal vorgelegt mit seiner Überlegung von Waffenlieferungen an die Ukraine. Nun muss Baerbock nur noch ergänzend vorschlagen, diese mit der Bundeswehr gleich persönlich dort vorbeizubringen. Denn nur wer Julian Reichelt sein Erstgeborenes oder doch wenigstens einen ordentlichen Angriffskrieg liefert, darf auf seine Gunst hoffen. Baerbock hat sich allerdings gegen den Vorwurf verwahrt, zu Wahlkampfzwecken einen Krieg zu planen. Sie besteht darauf, dass sie den in alter grüner Regierungstradition ohnehin vom Zaun zu brechen gedenke. Es steht zu befürchten, dass an dieser Darstellung ausnahmsweise mal rein gar nichts geschönt ist.

Dafür wirft die Bild jetzt wiederum dem ZDF vor, die Berichterstattung über den Grünen-Wahlparteitag geschönt zu haben. Denn der linksgrünversiffte öffentlich-rechtliche Zwangsgebührensender, so die Bild wörtlich (also: wörtlich im Sinne von leicht aufgehübscht wie ein durchschnittlicher Lebenslauf der Generation Praktikum), hat sich schwerer Verfehlungen schuldig gemacht. Nämlich, so die Schlagzeile: »ZDF verschwieg Baerbocks ›Scheiße‹«. Das könnte jetzt missverständlich klingen, selbst für Bild-Verhältnisse. Man muss die Anführungszeichen schon richtig mitlesen. Denn Baerbock hatte nach ihrer Rede zu Robert Habeck gesagt – halten Sie sich fest, denn wir bei den Brauseboys verschweigen wirklich gar nichts –, also: Baerbock hat zu Habeck gesagt, als sie wohl annahm, das Mikro sei schon aus, da sagte sie jedenfalls … Sollen wir es wirklich verraten? Aber ja, wir sind Freigeister, wir stehen noch für die Pressefreiheit und für Unabhängigkeit, ganz anders als das ZDF, also sagen wir es einfach so, wie`s war, denn Annalena Baerbock sagte zu Habeck: »Scheiße.« Und das ZDF hat nicht darüber berichtet! Die Bild kann es kaum fassen: »Mit dem Zweiten hört man nichts«, beschwert sie sich, und weiter: »Am Abend im ZDF-*heute-journal* ist von alldem nichts zu hören und zu sehen« – bei alldem ist »alldem« das Bild-Synonym für das einzelne Wort »Scheiße«. Man stelle sich vor: Im ZDF ist von Annalena Baerbocks Scheiße rein gar nichts zu sehen! Das hätte nun wirklich nicht sein müssen: »Der Scheiße-Ruf ist den ZDF-Machern keine Silbe wert, obwohl er längst im Netz die Runde macht.« Das schlägt dem Fass den Boden aus: Obwohl etwas im Netz bereits die Runde macht, ist es der wichtigsten ZDF-Nachrichtensendung keine Silbe wert! Verdammtes Systemfernsehen! »Dabei hatte der gebührenfinanzierte Sender wie üblich ein ganzes Heer von Journalisten, Kameraleuten und Technikern in die Parteizentrale nach Berlin entsendet und jeden Schritt des Spitzenduos Baerbock-Habeck mit Kameras und Mikrofonen verfolgt. Nur der spektakuläre Moment NACH Baerbocks Rede blieb verborgen.« So eine Scheiße!

So oder so ähnlich ist also der Auftakt zum Bundestagswahlkampf verlaufen, ich habe bald nicht mehr so ganz genau hingehört. Dabei war ich wirklich hoch erfreut anfangs – endlich mal was anderes als Corona in den Nachrichten. Aber ich merke, wie ich jetzt schon anfange, mich nach der vierten Welle zu sehnen. Scheiße!

FÜR DIESES LAND HIER

Thilo Bock

Um eine ältere Zielgruppe abzugreifen, haben Bündnis '90/Die Grünen einen Werbespot produziert, in dem diverse Menschen das bekannte Volkslied »Kein schöner Land« von Anton Wilhelm von Zuccalmaglio – mit einem neuem Text versehen – singen.

Wir finden: Schöne Idee, nur fürs Dichten hätten sie mal lieber jemanden fragen sollen, der so was kann. Zum Beispiel uns.

Für dieses Land hier tut mir leid,
dass die hier Lebenden voll Neid,
sich immer winden,
stets unterbinden
Gemeinsamkeit.
Die Chancen schwinden,
dass wir verbinden,
was uns entzweit.

Wir hatten in der großen Stadt
das Leben daher längst schon satt.
Sind umgezogen,
ganz ungelogen,
per Lastenrad.
Was dann den Bogen
der Demagogen
zerrissen hat.

Wir fingen neu an mit Elan
und ohne jegliches WLAN,
3G im Schwung noch
ist hier ein Funkloch.
Nichts von Jens Spahn.
Impft mich im Sprung doch,
als ich den Dung roch,
schon kräht ein Hahn.

Dafür sind unsre Nachbarn nett,
die kenn' das Deutschlandlied komplett,
und andre Lieder,
da legst di nieder
ins Totenbett.
Und mancher schrie gar,
dass er gern wieder
nen Führer hätt'.

Na, wenigstens ist die Natur
so ringsherum noch ziemlich pur.
Bis Gift sie spritzen
in alle Ritzen
in einer Tour.
Was sie da spritzen
gehört zur Spitzen-
Agrarkultur.

Und auch im Wald herrscht größtes Leid,
nur Einwegpfand liegt weit und breit.
Wo wir es finden:
verdorrte Linden
und Trockenheit.

Zum Wohlbefinden,
darf nicht verschwinden
und zwar weltweit.

Bald ziehen wir woanders hin
und starten einen Neubeginn.
Wir sind ja nicht allein,
wir wollen viele sein
im Bürgersinn.
Die Welt ist voller Pein,
doch sind wie im Verein
stets ein Gewinn.

Ja, Heimat ist ein großes Wort,
es gibt sie ja an jedem Ort.
Weil wir halt kleben,
wo wir grad leben
in einem fort.
Wenn wir erleben,
was wir erstreben
gehn wir nie mehr fort.

In Kürze haben wir die Wahl
so zwischen Scholz und Karneval
und einer Dritten,
die hat gelitten,
mehr als ein Mal.
Weil Männer stritten,
die hat ja m-m-m.
Für dieses Land hier wäre sie ideal.

ARSCHERMITTWOCH

Volker Surmann

*Er ist eine jahrzehntealte Tradition in Trösen an der Mill: »Der Politische Arschermittwoch«. Hier liefern sich Politiker*innen einen Wahlkampf, der fast ganz ohne Worte auskommt, dafür aber Tausende begeistert: Sie treten an zum Arschbomben-Contest:*

Wermut Lattenbacher ist einer der Organisatoren dieses einzigartigen Festivals im Naturbad an der Mill. Ursprünglich war es nur eine Kinderbespaßung im Rahmen der Ferienspiele, aber dann fielen diese in den Siebzigern mitten in einen Vorwahlkampf. »Und nach einigen Maß Bier am Lagerfeuer (die Kinder natürlich nur Radler), kamen wir auf die Idee: Wie wär's, wenn die Politiker, statt immer nur zu reden, mal wirklich etwas leisten müssten?«, erinnert sich der pensionierte Jugendamtsleiter des Mill-Dürringen-Kreises in Hinterbayern. So war es letztendlich die Idee eines Sechsjährigen, die einschlug, nun ja, wie eine Arschbombe.

»Alle sind's scho dog'wesen!«, fällt der passionierte Wasserbombardier schwelgend in den Dialekt zurück: Franz Josef Strauß (»Des wor a Platschen!«), Helmut Kohl (»A Riesenoarsch, do kam für a poa Frösche jeda Hilfe zua spät!«), Sigmar Gabriel (»A Naturbegabung. Wenigstens des hod ea konnt«). Auch Politikerinnen hinterließen bleibende Eindrücke im Nass: Renate Schmidt, Hildegard Hamm-Brücher, Petra Kelly. Nur Angela Merkel kam nie an die Mill. Lattenbacher ärgert das: »Klar, haben massive Menschen einen physischen Vorteil. Aber die Größe ist nicht entscheidend, es kommt auf die Technik an.« Er lacht anzüglich. Die Physikerin Merkel hätte hervorragende Chancen, den perfekten Einschlagwinkel für eine »Monumentalplatschung« zu errechnen. Und ordentlich Sitzfleisch hätte sie ja auch. »Aber Merkel musste um ihren Sieg ja nie kämpfen«, räumt Lattenbacher ein. – Anders als die diesjährigen Kombattant*innen.

Mittwoch, 17:30 Uhr. Rund 2.000 Trösenerinnen und Trösener verteilen sich auf Liegewiese und Strand des Naturbads, einige Tribünen wurden eigens errichtet. Es ist ausverkauft, ohne Corona wären doppelt so viele gekommen, es herrscht Volksfeststimmung.

»Wir haben lang diskutiert, ob man angesichts der Jahrhundertflut in der Eifel überhaupt noch Arschbomben machen darf«, erklärt Lattenbacher. Deshalb gehe der Eintritt nun komplett an die Fluthilfe im Ahrtal, Arschbombardement für den guten Zweck.

Das hat auch Karl Lauterbach überzeugt, der heute den Anfang macht. Noch vom Einmeterbrett aus gibt der Vollblutpessimist TV-Interviews zur Impfmüdigkeit, dann legt er das Karosakko ab, während die Trösener Feuerwehrkapelle den Fracksausener Panikmarsch intoniert, der in einen zirzensischen Trommelwirbel mündet. Das Publikum hält den Atem an. Kann das spindeldürre Gesundheitsmännchen, dessen favorisierter Wassersport die Kneippkur ist, hier die Wassermassen bewegen? – Ja. Obschon vom Körperbau einer Augsburger Marionette, vergrößert er durch präzise berechnetes Anwinkeln der Knie seine Eintauchoberfläche und platscht wie ein yogischer Flieger ins Nass: Die Fontäne schnellt so sicher hoch wie die vierte Welle. Das bringt Lauterbach beste Haltungsnoten bei der Wertungsjury ein. Die besteht aus der Leiterin der Volkshochschule (einer nebenberuflichen Dressurreiterin), dem Sportreporter der Mill-Dürringer Nachrichten, dem stellvertretenden Bademeister sowie zwei Vorschulkindern. Lauterbach schüttelt dennoch enttäuscht den Kopf: »Die Spritzer waren nicht annähernd so hoch wie die Inzidenzahlen hier im Landkreis.«

Als nächstes ist Annalena Baerbock dran. »Ich bin schon froh, wenn ich das Wasser treffe«, kokettiert die Wahlkämpferin und distanziert sich vorsorglich von dem Begriff »Arschbombe«, der ihr zu militaristisch sei. Sie werde einen »Wasserplatscher« zeigen, »der sich gewaschen hat«. So kommt es dann auch: Im froschfarbenen Bikini läuft die erste grüne Kanzlerkandidatin perfekt an, und zwanzig Sekunden später kann schon wieder niemand erklären, wie das denn jetzt genau passieren konnte. Souverän abgehoben gelingt es Baerbock trotzdem, eine astreine Bauchlandung hinzulegen. Ein Stöhnen geht durch das Auditorium, das tut schon beim Zuschauen weh.

»Menno, nicht mal das kann ich«, schnauft Baerbock, als sie mit schmerzverzerrtem Gesicht von der DLRG aus dem Wasser gefischt wird. Arme, Bauch und Oberschenkel der Kanzlerkandidatin leuchten rot wie ein Wahlplakat von Olaf Scholz. »Hoffentlich kein Omen für die Wahl«, versucht Baerbock zu scherzen und wird dann kleinlaut: »Vielleicht hätte ich das hier auch besser dem Robert überlassen sollen. Der nimmt ja immer erfolgreich am Husumer Watthupfen teil.« Doch es kommt noch ärger: Dort, wo Baerbock auf den Wasserspiegel geklatscht ist, treibt nun eine tote Forelle, die grüne Spitzenkandidatin erbleicht. Das gibt einen handfesten Shitstorm von Tierrechtler*innen!

Im Contest wird sie trotzdem dritte Kraft, auch Dank hervorragender Haltungsnoten der feixenden Vorschulkinder in der Jury, bei denen ihre Slapstickeinlage klasse ankam. Letzter wird Björn Höcke (AfD), der Möchtegern-Führer der Deutschen zog auf dem Einmeterbrett wegen Höhenangst zurück.

Auch Christian Lindner strauchelt bei einer zünftigen Arschbombe. In seinem hautengen Neoprenanzug in den

Farben Magenta, Zitrone und Himmelblau sieht er aus wie eine Werbesäule für Acryllacke, wäre da nicht der elektrische Düsenantrieb an seinen Fußfesseln. »Das ist Wirtschaftswunder – make in Germany«, erläutert er seine Bombenstrategie: »Maximale Höhe gewinnen, dann effizient aufschlagen.« Ob das nicht das Prinzip Möllemann sei, fragen wir, aber der FDP-Chef winkt ab: Er demonstriere hier, wie man den »Herausforderungen unserer Zeit mit technologischer Innovation begegne. Warten wir nicht auf morgen!« Sagt's und zündet noch vorm Startschuss seine Triebwerke.

Sein Arsch schlägt jenseits der Flussaue in einem Rübenacker ein. »Lieber nicht platschen, als schlecht platschen«, wird er sich auf seinem Höhenflug gesagt haben.

Als Letztes springt Andreas Scheuer, wie immer in blauweißem Männertanga – der Titelverteidiger. Und auch heute platscht er aus dem Stand in die Wasser der Mill, als wären sie ein riesengroßer Fettnapf. Das ist die Führung für den sympathischen Nichtsnutz aus Passau.

Wermut Lattenbacher klatscht begeistert Beifall. »Hier darf man's ja mal sagen«, gluckst er vergnügt. »Das ist einfach der beste Arsch der Bundespolitik!« Und er werde sogar von »von Mal zu Mal besser! Kein Wunder, was der nicht schon alles ausgesessen hat«.

Andreas Scheuer nimmt die Trophäe, einen nackten Po, geformt aus Wassereis, sichtlich gerührt entgegen und leckt daran. – Ein Bild, das sicher noch um die Welt gehen wird.

WARUM DIE DEUTSCHEN ANGELA MERKEL VERMISSEN WERDEN

Nils Heinrich

Als Angela Merkel 2005 Bundeskanzlerin wurde, staunte die Welt. Diese beständigen Deutschen, die ja eher nicht für Experimente bekannt sind, machten eine Frau zur Staatschefin! Eine Frau, die bislang nur für die Witze über ihre Frisur bekannt war. Was war denn plötzlich mit den stockkonservativen Deutschen los? Erst schickten sie ihre Soldaten nicht mehr ins Ausland – worüber das Ausland übrigens sehr froh war – und dann wollten sie auch noch von einer Ostdeutschen regiert werden! Noch dazu von einer ehemaligen FDJlerin! Die Menschen zwischen Flensburg und Passau hatten wohl genug von Männern. Vor allem von den beiden, die vor Merkel regierten: ein mit Testosteron vollgepumpter Hannoveraner und ein mit Saumagen ausgestopfter Obelix aus Oggersheim. Dieser Helmut Kohl war unglaubliche 16 Jahre lang an der Macht. Das hat nicht mal Hitler geschafft. Na ja, diese Deutschen würden schon sehen, was sie davon haben.

Jetzt, 16 Jahre später, steht es 1:1 zwischen Kohl und Merkel. Galt Helmut Kohl als Kanzler der Einheit, dürfte Angela Merkel wohl die Kanzlerin der Spaltung sein. So geteilt wie jetzt war das Land nicht mal, als es der Eiserne Vorhang in zwei Hälften zerschnitt. Alle jammern, alle schimpfen. Und das, obwohl es den Einwohnern der landschaftlich reizvollen Gegend zwischen Frankfurt an der Oder und dem Saarland so gut geht wie nie. Noch nie fuhren die Deutschen dickere Autos als jetzt. Noch nie hatten sie eine so hohe Lebenserwartung wie jetzt. Noch nie war die Kriminalität so niedrig wie jetzt. Alles natürlich streng statistisch gesehen. Es mag ja gut und schön sein, dass die Kriminalität in Rostock und Chemnitz in 14 Jahren um jeweils 55 Prozent abgenommen hat. Davon haben jedoch die geschundenen Einwohner des nach wie vor hochkriminellen Hotspots Neumünster herzlich wenig. Und wenn der Nachbar einen noch dickeren SUV fährt als man selber, ist es auch mit der Zufriedenheit in Düsseldorf vorbei. Danke, Merkel!

Apropos einen auf dicke Hose machen: Angela Merkel hat sich in den 16 Jahren Kanzlerschaft alle ihre Hosenanzüge selber gekauft. Während unbedeutende Hinterbänkler mit Coronamasken dealen oder sich von einem öligen aserbaidschanischen Despoten schmieren lassen, war Angela Merkel keine einzelne Sekunde ihrer Amtszeit bestechlich. Das dürfte ihren Gegnern am meisten wehtun. Was man der Frau mit dem etwas erschöpften Nussknackergesicht ebenfalls nicht zum Vorwurf machen kann: ihre Dissertation. Ihre Arbeit mit dem Thema »Untersuchung des Mechanismus von Zerfallsreaktionen mit einfachem Bindungsbruch und Berechnung ihrer Geschwindigkeitskonstanten auf der Grundlage quantenchemischer und statistischer Methoden« ist absolut wasserdicht. Und angesichts des Zustands der CDU nach ihrem Abgang auch ziemlich hellsichtig. Ach ja, wer sie immer noch als Stasi-IM bezeichnet, sollte Folgendes wissen: Wie alle DDR-Wissenschaftler musste auch die Physikerin Merkel am Ende ihres Studiums einen schriftlichen Nachweis über die Vertiefung ihrer Kenntnisse des Marxismus-Leninismus einreichen. Ihre Pflichtarbeit namens »Was ist sozialistische Lebensweise?« wurde nur mit ungenügend bewertet. Das ist erstens auch die Note, die die meisten DDR-Bürger der sozialistischen Lebensweise im Osten gaben, und zweitens steht Angela Merkel stolz zu dieser miserablen Leistung. Heutige Jungpolitikerinnen können gar nicht mehr so bescheiden sein, denn die notorische Social-Media-Selbstüberhöhung zum Sammeln von Likes ist den meisten Leuten längst in die DNA übergegangen. Sie können nicht anders. Also hübschen sie auch ihren Lebenslauf mit dem ein oder anderen Sahnehäubchen auf. Und sagen erstaunt »Huch«, wenn das irgendwer bemängelt. Das wäre Merkel nie passiert. Sie hat noch in der DDR ihr Arbeiter- und Bauern-Abi gemacht. Dafür brauchte man zwei Jahre, dann war man fertig. Nicht wie im Westen drei, von denen ein Jahr komplett für Schauspielunterricht draufging, um sich später schön verkaufen zu können. Merkel hat sich nie verkauft. Sie hat sich vertan, verzettelt und verkrümelt, wenn's heikel wurde. Aber sie hat sich im Gegensatz zu anderen zeitgleich regierenden Staatsoberhäuptern nie zu Luxusurlauben einladen lassen. Sie ließ sich auch nie Residenzen in irgendwelche Naturschutzgebiete reinbauen. Sie hat auch nie irgendwelche Verwandten im Fraktionsbüro angestellt. Im Vergleich mit anderen Staatslenkern war sie relativ unsichtbar. Teilweise so unsichtbar, dass man nicht mal wusste, ob sie überhaupt noch das Land regiert. Hat sie aber irgendwie, und zwar so lange, dass sich niemand mehr an das männliche Pronomen bei »Bundeskanzler« erinnert. Außerdem: Unter der Titanin aus Templin waren vier Männer US-Präsident!

Die Sache mit den Flüchtlingen wird ihr allerdings immer noch übel genommen. Vor allem von der AfD, die aber ohne nie in den Bundestag gekommen wäre. Nun ja, 2015 ist jetzt schon wieder sechs Jahre her. Das Abendland existiert nach wie vor, inklusive Schweinefleisch und Thüringer Rostbratwurst.

Wir Ostdeutschen werden Angela Merkel vermissen, ihre rationale Anpassungsfähigkeit, ihre Fähigkeit, mit Putin auf Russisch Klartext zu reden, und vor allem ihre Werbung für den Osten. Denn wo bitte fand der G8-Gipfel 2007 statt? In

Hamburg? In Köln? In Stuttgart? Niemals! In Heiligendamm! Das ist noch winziger als Kühlungsborn. Gut, vermutlich war das auch der Grund für diesen extrem abgeschotteten Supergipfel an der unspektakulären Ostsee. Aber seitdem weiß ganz Deutschland, dass es da oben noch was anderes gibt als Rostock. Außerdem: Ohne Angela Merkel würden die Westdeutschen den Begriff Templin für ein DDR-Waschmittel halten. Die Uckermark wäre nicht als traumhaft schönes Urlaubsparadies bekannt, sondern nur als dünn besiedelter Landstrich mit weltentrückter Milchviehhaltung. Das wird nun alles vorbei sein. Die Kanzlerkandidaten stammen aus Aachen, Hamburg und Hannover. Gut, die eine wohnt in Potsdam. Aber Potsdam, das weiß jeder, gehört nicht mehr wirklich zu Ostdeutschland. Die Stadt ist schon lange zum Bullerbü für besserverdienende Westveganer verkommen, denen Berlin zu fleischlastig war. Wer auch immer ins Kanzleramt einzieht: Die Ostdeutschen und ihre Befindlichkeiten stehen dann nicht mehr auf der Agenda! In diesem Sinne: Danke, Merkel!

VIERTE WELLE

OKTOBER – NOVEMBER 2021

BEIM BARBER

Heiko Werning

Ich glaube, als offizielles Datum des Endes der Pandemie wird im Wedding dereinst der Tag gefeiert werden, an dem die Friseursalons wieder aufmachen durften. Nichts war für den Weddinger Mann offenbar schmerzhafter als die monatelange Schließung all der Barber Shops und Cut & Gos.

Jedenfalls staunte ich nicht schlecht an jenem Frühlingstag, als ich aus der Haustür trat und eine große Schlange migrationshintergründischer Herren auf dem Bürgersteig lagerte. Sie hatten reihenweise Stühle aufgebaut, auf denen die Älteren saßen, die Jüngeren standen in Grüppchen davor, und alle warteten auf Einlass in unseren hauseigenen Frisiersalon *Hairstyle by Erem*, der sich eines erheblichen Zuspruchs erfreut, seit er nicht mehr einfach nur wie der benachbarte Spätkauf *Sunside* heißt, der seinen Namen wiederum vom Sonnenstudio mit Dildoverkauf, das hier vorher residierte, übernommen hatte. Vor einiger Zeit hatte Erem, der Oberbarbier, sich vom Spätkauf emanzipiert, den Laden gestrichen und neu eingerichtet, einen Monitor ins Fenster gestellt, auf dem jetzt immer sehr hairstylishe Männer zu sehen sind, und er hat eine dieser seltsamen weiß-rot-blauen, sich beständig drehenden Plastiksäulen an die Wand davor gedengelt, die einen immer ganz kirre machen, wenn man sie zu lange anguckt. Und nun nennt er sich halt *Barber Shop* und *Hairstyle by Erem*, womit er ganz offenkundig die Bedürfnisse seiner Klientel perfekt bedient, die in Scharen draußen wartet, um ihre pandemischen Bärte und Coronamatten fachkundig mit diversen Rasiermessern gekürzt und gestriegelt zu bekommen.

Aber auch nach dem ersten Post-Coronaboom laufen die Geschäfte bestens. Das *Hairstyle by Erem* hat sich zu einem echten Kieztreffpunkt entwickelt, und weil der Laden recht klein ist, hat Erem auf den Bürgersteig der Seestraße expandiert und ihn zum Wartezimmer umfunktioniert.

»Wieso kommen hier eigentlich nur Männer hin?«, hatte ich ihn in einem ruhigen Moment mal gefragt, als er draußen vor der Tür verschnaufte. »Weil: Ist Barbershop! Ist halt für Männer!«, hatte er geantwortet. »Frauen gehen zum Friseur, Männer zum Barbershop. Ist modern!« »Geschlechtertrennung? Das ist modern?«, fragte ich skeptisch zurück. Es gäbe jetzt sicherlich genug Leute, die über die überholten Geschlechterrollenbilder bei der migrantischen Bevölkerung herziehen würden, aber ich sage nur: Denkt an die Überraschungseier in dieser gruseligen Mädchen- und Jungsversion und schweigt!

»Ein Barbershop ist also nur für Männer?«, fragte ich noch einmal nach, weil ich das tatsächlich nicht wusste. Ich bekomme ja so viel nicht mit von dieser modernen Welt da draußen.

»Ist nur für echte Kerle«, antwortete Toni, der Besitzer vom Spätkauf, aus dem Hintergrund. Ich drehte mich überrascht um, den hatte ich gar nicht bemerkt. Kein Wunder, er saß im Schatten unter den Büschen des Bürgersteiggrünstreifens in einem Ledersessel, das Gesicht entspannt nach oben gerichtet. Fast hätte ich ihn nicht erkannt, denn er sah aus wie Kermit der Frosch. Sein ganzes Gesicht war mit einem zähen, grünen Schleim eingeschmiert. »Was ist denn mit dir passiert?«, fragte ich entsetzt. »Avocado-Maske«, antwortete Erem. Ich war baff. »Avocado-Maske?«, hakte ich ungläubig nach. »Wozu soll das denn gut sein?«

»Ist der heilige Gral gegen trockene Haut, Bruder! Ist selbstgemacht! Mit Avocado, Honig und Ayran. Fünf Euro nur, kannstu auch kriegen, Bruder!« »Ich weiß nicht. Ich dachte, dafür nimmt man Gurken, und ich habe das immer für so Volksglaubenquatsch gehalten.« »Ja, Gurke ist auch Volksglaubenquatsch. Gurke ist für Kartoffeln. Du musst Avocado nehmen! Mit Ayran!«, erläuterte Erem. »Und du machst Avocado-Masken im Barbershop nur für Männer?«, fragte ich erstaunt nach. »Ist sehr maskulin«, bestätigte Toni und schaute mich aus seinen grün umschmierten Augen intensiv an. »Aber Gurke ist auch gut, kannst du Scheiben auf die Augen legen, das hält die Augenlider geschmeidig. Erem ist da ein bisschen streng, weißtu, so ein Avocado-Fundamentalist. Ich sag ja immer: Wir sind multikulti hier. Ich mach Avocado-Maske auch mit deutschem Jogurt, Landliebe ist ganz gut. Und Gurkenscheiben für die Augenlider. Man muss das Beste aus allen Welten nehmen.« »Für echte Kerle«, festigte ich das neu Gelernte noch einmal. »Ja, ist ja Barbershop hier«, bestätigte Erem.

Wo wir schon mal so ins Plauschen gekommen waren, fragte ich gleich noch die Frage, die mich seit geraumer Zeit beschäftigte: »Sag mal, wozu ist eigentlich dieses weiß-rotblaue Drehdings an eurem Eingang gut? Das sieht man jetzt immer öfter. Habe ich neulich sogar in einem amerikanischen Krimi gesehen. Hing da auch vor einem Friseursalon.« »Nicht Friseursalon«, sagte Toni. »Friseursalon auch für Frauen. Barbershop nur für Männer. Das ist die Barberpole.« »Die Barberpole?« »Ja, die Barberpole. Das Zeichen der Barbershops. International. Wie der Stab mit der Schlange vor Apotheken. Oder das Posthorn an der Postfiliale. Also: Als es noch Postfilialen gab. Kennstu noch Postfiliale, oder? Als die noch nicht hier im Spätkauf war, meine ich.« »Und was soll diese Barberpole? Warum ist die mit US-Farben?« »Wieso US-Farben?«, fragte

Erem entgeistert. »Ist Barberpole! Hängt auch im Libanon, in der Türkei, überall! Ist uraltes Symbol für Barber! Kommt aus Mittelalter. Früher, weißtu, früher hat der Barber auch Chirurgie gemacht. Hat ja schon die Messer, und ob du nun Bart schneidest oder Blinddarm, machstu ja alles mit scharfem Messer. Bei Gesichtspflege kommt halt Avocado-Maske drauf, bei Blinddarm Wundverband. Und die gebrauchten Wundverbände wurden dann natürlich wieder genutzt, wegen Recycling, weißtu, da wurden die halt zum Trocknen an Pfähle gebunden. Und da hingen die dann so im Wind und kringelten so rauf und runter, mit rote Streifen wegen Blut und weiße wegen Verband, verstehstu? Daher die kringelnde Barberpole. Ist wie blutiger Verband im Wind, ist halt Zeichen für Barbershop.« »Eben für echte Kerle«, ergänzte Toni. »Aha«, ich blieb misstrauisch, »und was soll dann das Blau?« »Na, Rot ist für arterielles Blut, und Blau für venöses, ist doch klar, Mann!«, sagte Erem.

»Nee, nee, das ist Volksglaubenquatsch«, sagte Toni, »ist schon wirklich von den Amis. Die amerikanischen Barber haben das mittelalterliche Symbol übernommen und wegen Patriotismus mit Blau angereichert. Und weil die Amis die Barberpoles als Erste mit Lampe und Drehmechanismus verkauft haben, sind jetzt halt überall auf der Welt alle Barberpoles rot-weiß-blau, hat sich eben so durchgesetzt.« »Was?«, Erem klang entsetzt. »Du meinst, überall in Libanon und der Türkei und bei allen muslimischen Brüdern hängt praktisch die amerikanische Flagge vor jedem Barbershop? Das ist nicht dein Ernst!« »Doch«, sagte Toni, »so ist es. Das Beste aus allen Welten, habe ich doch gesagt. Wir nehmen Avocado-Masken mit Gurken und haben muslimische Barbershops mit US-Flagge. Ist 21. Jahrhundert, Mann!«

Erem schaute nachdenklich auf die sich drehende Barberpole. »Na ja, ist ja auch egal. Ich hab sie eigentlich sowieso nur wegen der Apertur-Illusion genommen.« »Wegen was?«, allmählich überforderte mich das Gespräch. »Wegen der Apertur-Illusion. Kennstu nicht? Ist bei homogene Linien, die sich innerhalb eines ansonsten leeren Feldes bewegen, deren Bewegung stets als senkrecht zu ihrer Linienorientierung verlaufend wahrgenommen wird. Wird ausgelöst durch Drehung eines vertikalen, mit schraubenförmigen Streifen versehenen Zylinders. Kannstu nicht als horizontale Bewegung wahrnehmen, interpretiert dein Gehirn je nach Rotationsrichtung, als wanderten die Streifen nach oben oder unten. Bei der Barberpole-Illusion sind die Linien in horizontaler Richtung nicht eben fortgesetzt, womit es keine gerade Linienorientierung gibt, sondern nach hinten um die Rolle gebogen. Der Anschein einer Bewegung der Streifen um 45 Grad nach oben entsteht bei Betrachtung eines Ausschnitts – verstehstu?«

Ich schaute ihn verblüfft an. Ich war mir nicht ganz sicher, ob ich alles richtig verstanden hatte. Aber eines: Die Welt ist voller Überraschungen. Sogar vor der eigenen Haustür. Man muss halt nur mal mit den Leuten reden.

FLY DELTA

Volker Surmann

*2G greift um sich. Immer mehr Kultur- und Gastronomiebetriebe gewähren nur noch Geimpften und Genesenen Zugang. Der Schnelltest war zeitweise sogar kostenpflichtig. Radikale Impfgegner*innen denken um und laden immer öfter zu Infektionshappenings, sogenannten »Spreadenings«. Mir ist es gelungen, undercover an einem solchen Event teilzunehmen:*

Freitag 19:12 Uhr. Plötzlich ist sie da, die Telegram-Nachricht: »Heute 21 Uhr. Fly Delta! MMR Party bei Alfgand.« Es folgen Anschrift und weitere Infos. »MMR« ist der Name der Chatgruppe. Offiziell tauschen sich hier Eltern über Masern, Mumps und Röteln aus, in Wahrheit geht es um die Organisation streng geheimer Infektionspartys.

Mit einem anonymen Facebook-Profil hatte ich mich in Impfgegnerblasen hineingepostet. Jedes Mal, wenn ich etwas besonders Wirres gelesen hatte, kommentierte ich emsig und teilte fleißig weiter. Auf die Weise musste ich bald als ein in die Jahre gekommener Raver erscheinen, der fest daran glaubte, dass die CIA den Bauplan des SARS-CoV-2-Virus von außerirdischen Babyechsen erhalten hatte, um es in von Bill Gates persönlich umprogrammierte, genmanipulierte Fledermäuse zu spritzen – mit anderen Worten: In der Gruppe war ich einer der Normalen. Nach wenigen Wochen hatte ich mich oft genug als ungeimpft und ungenesen geoutet, dass ich in die Telegram-Gruppe eingeladen wurde. Jetzt also »Fly Delta«.

Eine normale Wohnungstür in einem Lichtenberger Altbau. Der Einlasser steht mir mit nacktem Oberkörper und lila Ballonhose barfüßig gegenüber und verlangt als Erstes mein Impfbuch. Ich bin vorbereitet, gebe mich aber naiv: »Wieso? Ich dachte, das ist hier nur für Ungeimpfte?«

»Klar«, sagt er, »aber das müssen wir doch checken! Nicht, dass jemand Geimpftes hier ankommt. Die Covidimpfung ist ein Flüssigimpfstoff, der kann sich auch über Schweiß übertragen. Und wir wollen doch nicht, dass sich jemand hier beim Näherkommen versehentlich immunisiert!« Denn Nahkontakt wird es geben, »Abstand« ist hier ein grober Regelverstoß.

Ich zeige mein Impfbuch. Der Fälscher im Hinterzimmer eines Hinterzimmers eines Neuköllner Spätis hatte nur mit dem Kopf geschüttelt, als ich ihm mein Anliegen schilderte: »Sonst wollen alle immer Impfbuch mit Covid drin, aber das Verschwindenlassen von Impfungen – das kostet doppelt.«

Das Ergebnis lässt sich sehen. Ein weißgrau-vergilbtes Impfbuch aus den frühen Siebzigerjahren mit der Haptik verschlissener Skatkarten. Säuglingsimpfungen aus dem Dorfkrankenhaus, dessen verblichener Stempel noch in Frakturlettern ist. Eine Pockenimpfung beim Kinderarzt von 1974, getippt auf einer Schreibmaschine, mit der mutmaßlich noch Ariernachweise ausgestellt wurden. Der letzte Eintrag stammt aus dem Jahr 1981, einmal Tetanus. Der Türsteher schnalzt anerkennend. »Nicht mal Masern und Mumps, vorbildlich!«, lobt er mich und fragt nach einem amtlichen Lichtbildausweis, um abzugleichen, ob das antiquarische Impfbuch auch tatsächlich mir gehört.

Dann bin ich drin, und er schließt die Tür. »Willkommen. Ich bin Alfgand. Meine Freunde nennen mich auch Alfgand den Schlauen.«

Er ist Veranstalter dieser Party. Im richtigen Leben ist er Veranstalter von Partys, dann aber kommerziell: »Trance vor allem, Goa, der ganze psychedelische Shit.« Da ist er Szenegröße. Alfgand ist kein Coronaleugner. Er bezweifelt lediglich die Gefährlichkeit des Erregers. Er selbst ist genesen. Covid sei völlig easy peasy, er hätte es gehabt; 14 Tage hätte er nur im Bett gelegen und sich nicht bewegen können, aber so what, er hätte schon mal verdorbene Magic Mushrooms gefuttert, nach denen er vier Monate weg war, das hätt er auch überlebt. Wichtig sei eine ballaststoffreiche Ernährung, weder tierisches Eiweiß noch Gluten, keine Lebensmittel mit R und viele Pilzgerichte. Dazu täglich ein paar Schluck CDL, Chlordioxid, das helfe gegen alles. Während er mit mir spricht, riecht er aus dem Mund leicht nach Schwimmbad.

Alfgand ruft die Partycrew zusammen. Die sieht äußert schräg aus, denn der Dresscode für heute lautete »Masernparty für Dreijährige«. Es dominieren Einteiler, Strampelanzüge, kunterbunte Latzhosen, einer trägt sogar eine Windel mit Pferdchenmuster.

»Peoplez, wo jetzt alle da sind, die sich angemeldet haben, kann es gleich losgehen. Leute, wir ficken das System! Wenn das Merkel-Scholz-Regime es nur noch mit Geimpften und Genesenen macht, dann müssen wir eben genesen! Die Genadelten dürfen nicht unter sich bleiben!« Applaus brandet auf.

Alfgand zieht einen älteren Herrn nach vorn, dem in seinem rosa Jumpsuit sichtlich unwohl ist. Aber auch sonst ist ihm sichtlich unwohl: Er röchelt, hustet und schwitzt. »Das ist der Herr Beckmann. Herr Beckmann hat sich auf unsere Annonce gemeldet und wird uns heute alle infizieren. Nicht wahr, Rüdiger?«

Er gibt Herrn Beckmann einen kumpelhaften Schubs. Herr Beckmann fällt um, wird jedoch von einer etwa 40-Jährigen in einem Einhorn-Schlafanzug aufgefangen.

Dann geht die Party los. In der geräumigen Viereinhalbzimmerwohnung ist der Dancefloor in der halben Kammer untergebracht. Überall hängen Schilder mit Piktogrammen, die an die Verhaltensregeln erinnern: Keine Maske, null Abstand, bloß nicht die Hände waschen und immer ins Gesicht niesen.

»Hier nimm das, das macht locker, du musst zwei Jahre Coviddiktatur vergessen«, Alfgand reicht mir ein Beutelchen mit getrockneten Mushrooms. »Haben die Nebenwirkungen?«, frage ich. »Who cares?«, fragt Alfgand und zuckt die Schultern: »Nebenwirkungen sind für Loser.«

Dann tanzen wir, »Fly Delta« hebt ab. Das vierzigjährige Einhorn schiebt Herrn Beckmann die Zunge in den röchelnden Mund. Während des Knutschens läuft er blau an. Plötzlich finde ich das ungeheuer komisch und lache. Bald darauf verliert sich meine Erinnerung. Ich merke: Ich tanze. Ich schwitze. Wir sind mindestens 25 Leute in der fensterlosen acht Quadratmeter-Kammer, die zur Hälfte von Bassboxen eingenommen wird. Die Luft steht, wir atmen keine Aerosole mehr, wir baden gerade unsere Körper drin. Es regnet. Aus irgendeinem Grunde sind wir mittlerweile alle nackt. Es herrscht Weltfrieden.

Es dauert Stunden, bis ich wieder zu Sinnen komme und die Party verlasse. Mein Immunsystem wird viel zu tun haben in den nächsten Tagen. Draußen ist es taghell. Neben dem Hauseingang liegt Herr Beckmann in seinem rosa Strampelanzug und röchelt kurzatmig, jemand hat ihm eine Flasche CDL in die Hand gedrückt. Sie sind ja keine Unmenschen, diese Impfgegner.

EIN PLAN FÜR DIE ZUKUNFT

Robert Rescue

Da las ich in den Nachrichten, dass die Paketdienstleister für das Weihnachtsgeschäft 2021 mit einem gleich hohen oder etwas höheren Paketvolumen rechnen als Weihnachten 2020. Verwunderlich, denn im Anbetracht der ganzen Horrormeldungen, die in den letzten Wochen zu lesen waren, frage ich mich: Was wollen die da transportieren, es gibt doch nichts?

Die Holzpreise sind enorm gestiegen, weil Holz knapp ist, deshalb gibt es weniger Zellstoff, weshalb Papier knapp wird, der Chinese kauft massenweise Altpapier (keine Ahnung, was die damit wollen, aber es wird ein Plan dahinterstecken), und weil das Papier knapp ist, können Verlage nicht die komplette Auflage drucken, weshalb man schon Anfang November den Bildband über die Hitlerjugend kaufen muss, damit man diesen dem Opa unter den Weihnachtsbaum legen kann, wobei nicht sicher ist, in welchem Jahr das sein wird. Nudeln werden aufgrund von Missernten knapp, sodass die »Double Income, No Kids«-Zielgruppe im Prenzlauer Berg fürchten muss, dass es dieses Jahr mit der 500-Gramm-Packung Bärlauch-Ingwer-Spaghetti, handgeerntet aus dem Tessin, nichts wird und man sich stattdessen mit der ALDI-Eigenmarke aus zweifelhafter Herkunft begnügen muss. Bei IKEA gibt es keine Bürostühle mehr zu kaufen, nur noch den sauteuren OLFSKROG in beige und ohne Armlehnen. Benzin wird knapp und teuer, Container fehlen, China macht alles dicht, wenn einer Corona hat, Lagerhallen brennen ab, Häfen kommen mit der Abfertigung nicht hinterher und ein Schiff verkeilt sich im Suezkanal. Das alles gipfelt im »Mangel« an dem, was jedes Weihnachten leuchtende Augen bereitet: Computerchips und damit Elektronik.

Das, was die Paketdienstleister vor Weihnachten durch die Gegend kutschieren, sind von der Menge her nicht die Bärlauch-Ingwer-Spaghetti, der handgestrickte Pulli von Oma Bärbel für den Enkel, der Bildband über die Hitlerjugend oder der Lego-Fusionsreaktor mit drölf Millionen Teilen, sondern das iPhone, das neue, geile MacBook, die Playstation 5, die Xbox, die neue, geile Grafikkarte zum Zocken oder der neue, geile Thermomix mit dem neuen, geilen Update für Käsespätzle und Tomaten-Reispfanne.

Seit Wochen rätseln Eltern, wie sie ihren Kindern beibringen, dass sie dieses Jahr keinen Wunschzettel schreiben brauchen, dass dieses Jahr ein »ungewöhnliches« Weihnachten ins Haus steht, dass Verzicht eine Tugend ist, dass man nach dem Krieg auch nicht viel hatte und eine neue Hose doch auch toll ist.

Die Kinder, welche die Nachrichten verfolgen, ahnen das Ungemach und pochen auf ihr Grundrecht auf ein hemmungsloses Weihnachten mit dem neuen geilen Scheiß, ansonsten würden sie ausziehen, den Eltern das Sorgerecht entziehen oder nächtens das elterliche Schlafzimmer mit einem Messer in der Hand aufsuchen.

Was also tun? Da kommt Berlin ins Spiel. Die Stadt, in der Innovation groß gedacht wird, die Stadt, die Probleme beschaulich behebt, und die jetzt den Hut in den Ring wirft, um der Welt zu zeigen, wie man logistische Probleme lösen könnte, in dem Fall mit der Betonung auf »könnte«. Die S-Bahn soll künftig Güter transportieren. Ein schier genialer Plan, der dereinst die Logistikbranche verändern wird, jedoch für das gegenwärtige Problem keine Lösung ist. Aber egal, Berlin denkt groß, Berlin denkt weiter. Die Bevölkerung hat doch nur Frust mit den Paketboten. Pakete werden beim Nachbarn zugestellt, mit dem man es sich verscherzt hat, oder in einem Späti geparkt, der von all den Irren des Kiezes frequentiert wird, die einen mordgierig anglotzen und dabei eine 2-Liter-Flasche tschetschenisches Liquid Ecstasy auf ex saufen.

In Zukunft laden die Paketzentren ihre Fracht einfach an einem S-Bahnhof ihrer Wahl in einen extra Waggon der S-Bahn und die Kunden holen sich ihre Sachen am Zielbahnhof ab. Dazu wird ein millionenteures und selbstverständlich fehlerhaftes System installiert, dass den Kunden eine Push-Nachricht aufs Handy schickt, dass sie um 13:53 Uhr ihr Paket am S-Bahnhof Heiligensee abholen können. Nur blöd, wenn der Empfänger in Steglitz wohnt. Aber hey, anstatt in einen ranzigen Späti zu gehen, die Fresse vom schlecht gelaunten, weil unterbezahlten und ausgebrannten Zusteller erblicken zu müssen oder vor dem ungeliebten Nachbarn zu Kreuze kriechen zu müssen, kann man doch einen Ausflug ins schöne Heiligensee machen, muss dabei aber stets die Uhr im Auge behalten. Denn sonst wird es mit der Paketzustellung erst was, wenn die gleiche S-Bahn das nächste Mal den Bahnhof wieder anfährt, und das kann etwas dauern. Aber ein Ausflug nach Brandenburg, um die Wartezeit zu überbrücken, ist doch auch eine schöne Idee.

Es wird Leute geben, die sich das Auto und den Zusteller zurückwünschen, aber das sind halt Fortschrittsverweigerer, die nicht einsehen wollen, dass die Städte der Zukunft weniger Autoverkehr nötig haben wegen Klima, Lebensqualität und so. Aber Berlin ist tolerant und flexibel. Der neue Service wird auf U-Bahn, Straßenbahnen und Busse ausgeweitet, was allerdings ein paar Jahre dauern wird.

Gewöhnen wird sich der Berliner daran, dass die Nutzung der öffentlichen Verkehrsmittel künftig etwas mehr Zeit brauchen wird, denn der Fahrer muss ja zu dem angehängten Waggon oder Anhänger gehen und das entsprechende Paket raussuchen, was die durchschnittliche Haltezeit um etwa acht Minuten verlängert.

Man könnte natürlich die arbeitslos gewordenen Paketboten als Mitfahrer anstellen, was zwar die verlängerte Wartezeit nicht verkürzt, aber immerhin das Problem mit den freigestellten Mitarbeitern der Logistikbranche löst. In einem weiteren Schritt könnte der öffentliche Nahverkehr ja auch die Dienstleistung der Lieferdienste übernehmen, da ja die Beschäftigten dort die ganze Zeit nur rumjammern über zu lange Arbeitszeiten, Überwachung und schlechte Bezahlung. Wenn für die kein Arbeitsplatz übrigbleibt, kann man ihnen ja den Umzug nach Großbritannien nahelegen.

Die Umweltverwaltung, so lese ich im Tagesspiegel, habe eine Machbarkeitsstudie in Auftrag gegeben. Machbarkeitsstudie, das ist so ein deutsches Wort, das Fürchterliches erahnen lässt, was die zeitliche Dauer anbetrifft. Und besonders in Berlin entfaltet der Begriff noch eine ungeahnt angsteinflößende Dimension mehr, die man sich nicht im Geringsten vorstellen will.

Aber bis diese Studie fertig ist und womöglich exakt das beschreibt, was ich mir ausgedacht habe, wird es eine Ewigkeit dauern, und bis dahin gehört die globale Versorgungskrise der Vergangenheit an und der Familienfriede zu Weihnachten ist wieder gewahrt.

MACHT DOCH EUREN LOCKDOWN SELBST

Frank Sorge

»So, liebe Kinder«, es war wieder Zeit für eine Frühstücksansprache. »Eure Eltern wissen wieder, dass sie gar nichts wissen. Wir wissen also nicht, wie lange ihr noch zur Schule geht, wir wissen nicht, wie lange wir noch arbeiten können. Wir wissen aber, dass alles, was wir schon geplant hatten, auf der Kippe steht. Das ist doch auch was, wenn man wenigstens das weiß! Außerdem gibt es noch eine Gewissheit: Bald ist wieder Weihnachten! Sechs Wochen, in denen wir basteln können, was das Zeug hält. Hurra!«

»Hurra! Hurra!«, skandieren die Kinder mit. Sie haben nichts gegen einen Lockdown, in ihrem kleinen Zeithorizont gab es kaum eine Zeit ohne, und der Start in die Schule hat sie nicht unbedingt zu Bildungsfanatikern gemacht.

»Was ist das Schönste in der Schule?«, fragen wir sie und bekommen immer die gleiche, herrlich erfrischende Antwort: »Die große Pause.« So sehr sich die Lehrerinnen bemühen und wie engagiert sie auch die bestmögliche Lernsituation erkämpft haben, und wie abgebrüht die Kinder nach einigen Wochen mit den Selbsttests sind, und dem Tragen von OP-Masken, es macht nicht unbedingt Lust auf mehr.

Ich schaue auf die Uhr, es ist 11:11 am 11.11., woanders wird es jetzt laut. Als Kind hatte ich jahrelang eine Art Karnevalstick, ich schaute jeden Tag rechtzeitig auf meine Casio-Uhr, um das Umspringen von 11:11:10 Sekunden auf 11:11:11 Sekunden zu beobachten. Verpasste ich es einmal, war das ein schlechtes Omen für den Tag, sah ich es, wie meistens, war es ein Glückszeichen und ich rief innerlich: Hurra!

»Hurra!«, rufe ich laut, die Kinder schauen auf, ich erkläre: »Es ist 11:11 Uhr, nichts weiter. Woanders rufen jetzt welche Helau oder Alaaf.«

Dass diese zwanghafte Handlung sinnlos war, vor allem für einen Berliner, begriff ich nach vielen Jahren, immerhin hatte bislang noch niemand etwas von ihr bemerkt. Ich schaute ja auch sonst häufiger am Tag auf die Uhr, und das *Hurra!* rief ich nach innen.

»Ich schlage vor«, eröffne ich die Frühstückskonferenz zur Notlage, »wir machen unseren Lockdown jetzt einfach selbst. Wenn die Politik zögert, oder sich nicht einig ist, sollten wir einfach selbst unsere Maßnahmen planen.«

»Wir wollen ein Instrument lernen!«-Rufe aus der Menge.

»Sehr gute Idee, das machen wir, wir machen Musik, weitere Vorschläge?«

»Homeoffice!«, ruft meine Frau.

»Hört, hört! Dann fordere ich Große Pausen bei geschlossener Schlafzimmertür!«

»Hört, hört!«, ruft meine Frau.

»Wir brauchen neue Spiele für die Switch«, ruft mein Sohn.

»Hervorragende Eingabe, wir brauchen Lockdownmaterial, lasst uns gleich eine Liste anlegen, bevor die Amazon-Boten streiken. Was noch?«

»Mehr brauchen wir eigentlich nicht«, sagt meine Tochter. »Wir haben doch uns!«

»Das ist die richtige Einstellung, wir haben alles, was wir brauchen, solange wir uns haben. Also fordern wir für unseren Lockdown neue Spiele für die Switch und weitere Instrumente, müssen wir noch etwas vorbereiten? Nein? Na, dann, auf die Plätze, Netflix, los!«

Ähnlich zwanghaft wie auf die 11:11 Uhr schaue ich seit bald zwei Jahren auf die täglichen Infektionszahlen, und diese hier verheißen nichts Gutes. Sie sagen: Aufgeschoben ist nicht aufgehoben, auch nicht Katastrophen.

Es ist jetzt die Zeit, Solidarität zu zeigen. Solidarität mit den Schwächsten in der Gesellschaft, mit denen, die sich haben irreleiten und blenden lassen. Deren geistige Gesundheit nicht gut vorbereitet war auf die Lügen der Querverleuchteten und die Geschäftsideen der kriminell Verstrahlten. Die immer noch glauben, eine Fee würde ihnen die bösen Aerosole mit dem Glitzerstab wegzaubern, wenn sie nur ganz fest daran glauben. Die sich haben verunsichern lassen, die angefangen haben, die Märchen über Mikrochips zu glauben, und in deren Kopfkinos nur noch Blitze über der Kuppel des Geheimlabors einer Verschwörung zucken, denn das Monster lebt. Diese Monster seid ihr, die wir jetzt schützen müssen, der Irrsinn hat euch Golems geboren, und wir tun es gerne. Denn wir denken integrativ, jeder soll seinen Platz in dieser Gesellschaft finden dürfen. Für euch bleiben wir standhaft, aber euch wird es treffen.

»Ich fasse zusammen«, sage ich am Frühstückstisch, die letzten Krümel noch auf dem Teller. »Wir haben uns, daher brauchen wir nichts. Wir lassen, was wir lassen sollten, und wir machen nicht, was wir nicht machen wollen. Wir lassen uns nicht ablenken, wir lassen uns nicht entzweien, und wir lernen, was wir lernen können. Wir wollen Homeoffice und Livestream, wenn wir müssen, und wenn wir nicht müssen, aber wollen, dann machen wir einfach unseren Lockdown selbst. Wir haben es in der Hand – und außerdem soll die Stiko mal hinne machen und den Impfstoff für die Kleinsten freigeben – für wen, fragt ihr skeptisch? Für wen sollen wir die Kinder impfen? Für die Schwächsten in unserer Gesellschaft, hab ich doch gesagt.«

»Hurra!«, ruft mein Sohn und rennt zur Spielekonsole, um sie anzuschalten. Der zweite Pandemiewinter steht vor der Tür, wir sind innerlich vorbereitet.

A WIE ALPHABET

Thilo Bock

Mit dem Buchstabieralphabet soll die Übermittlung komplizierter Wörter auch und gerade bei schlechter Verstehbarkeit (im Schützengraben, am Fernsprecher, im O2-Netz) leichter gemacht werden. In Deutschland vom allmächtigen Deutschen Institut für Normung DIN (DIN A4! Rechter Winkel! Mittelmaß!) strengstens überwacht, fungierte hier bis vor kurzem noch die DIN 88, eine leicht angestaubt wirkende Buchstabiertafel (»A = Adolf, B = Bombenkrieg, C = Coventry, D = Deutschland, E = Eva, F = Führer« usw.).

In jahrzehntelanger Überarbeitung wurde die Buchstabiertafel aktuellen Lebensumständen angepasst und soll 2022 offiziell eingeführt werden. Diese Neufassung mit dem Titel »Text- und Informationsverarbeitung für Büroanwendungen – Ansagen und Diktieren von Texten und Schriftzeichen« basiert auf Städtenamen (»A = Augsburg, B = Berlin, C = Cottbus, D = Düsseldorf, E = Essen, F = Frankfurt/Oder«).

Dieser Umstand führte mancherorts zu Kritik, etwa beim jeweiligen Stadtmarketing von Albstadt, Buxtehude oder Frankfurt/Main. Andere Bedenkenträger*innen beklagten, dass viele Menschen in einer Stresssituation wie dem Buchstabieren (vgl. »Buchstabenbattle«, Sat1) leicht durcheinandergerieten und ohnehin nicht sofort erfassen könnten, ob Cottbus mit »C« oder »K« geschrieben würde.

Um Verständnisschwierigkeiten vorzubeugen und der Vielfalt dieses Landes Rechnung zu tragen, werden vom DIN nun

Buchstabiertafeln für alle Bereiche der Gesellschaft erarbeitet. Hier die wichtigsten.

Buchstabieren für ... politisch Korrekte
A wie Ableismus. B wie binär. C wie Cancel Culture. D wie divers. E wie Empowerment. F wie Feminismus. G wie Geflüchtete. H wie Heteronormativität. I wie indigen. J wie Jutebeutel. K wie Kapitalismuskritik. L wie LGBTIQA. M wie Mansplaining. N wie No-Go. O wie O wie schön ist Panama. P wie People of Color. Q wie queer. R wie Rassismus. S wie Sexismus. T wie Transgender. U wie Urban Gardening. V wie Verpackungsmüll. W wie woke. X wie xenophop. Y wie Yoga. Z wie Zumutung.

... Menschen mit Tourette
A wie Arschkind. B wie Bumsklumpen. C wie Coronabitch. D wie Dorsch. E wie Eulenkind. F wie Flauschhirn. G wie Graupengeier. H wie Heilhitler. I wie Impfschaden. J wie Jodelsack. K wie Kartoffellutscher. L wie Lululappen. M wie Miss Piss Piss. N wie Napfsülze. O wie Olaf. P wie Pfeifenfurz. Q wie Quarkkopp. R wie Rummelratte. S wie Sabbersocke. T wie Tortenarsch. U wie Umweltsau. V wie Viecherfresser. W wie Weichenwischer. X wie Xylakant. Y wie Yakgesicht. Z wie Zystenfresse.

... BILD-Redakteure
A wie Alphatier. Ä wie Ärger. B wie Bürosex. C wie Compliance. D wie DDR-Obrigkeitsstaat. E wie einvernehmlich. F wie Feldbett. G wie Gutsherrenart. H wie Hornbrille. I wie Ippen. J wie Jasager. K wie Kriegsreporter. L wie Livereporter. M wie Machtgefälle. N wie New York Times. O wie Opfer. P wie Propaganda-Assistenten. Q wie Querdenker. R wie Rebell. S wie Schadensbegrenzung. T wie triebgesteuert. U wie Unschuldsvermutung. V wie verfügbar. W wie Weihnachtsfeier. X wie Tag X. Y wie Yogaschlampe. Z wie Zigaretten.

... Ampelkoalitionäre

A wie Atomausstieg. B wie Bürgergeld. C wie Cannabis. D wie digital first. E wie Entlastungsperspektiven. F wie Fortschrittskoalition. G wie gendergerecht. H wie Hasskriminalität. I wie Identität. J wie Jusos. K wie klimaneutral. L wie Lastenfahrrad. M wie Möglichkeitsraum. N wie Neugier. O wie Ordnungsrahmen. P wie Porsche. Q wie Quote. R wie Respekt. S schwarzweiß. T wie Tempolimit. U wie Untersuchungsausschuss. V wie Veto-Ministerium. W wie Wirtschaftsminister. X wie XS-Anzüge. Y wie Yogitee. Z wie Zumutungen.

... Coronaviren

A wie AHA-Formel. B wie Beherbergungsverbot. C wie Coronaspeck. D wie Dunkelziffer. E wie epidemische Lage von nationaler Tragweite. F wie Fensterkonzert. G wie Geisterspiel. H wie Hamsterkäufe. I wie Ischgl. J wie Jana aus Kassel. K wie Kernfamilie. L wie Lollitest. M wie Mutation. N wie Netflix-Abo. O wie OP-Maske. P wie Priorisierungsgruppe. Q wie Quellcluster. R wie Reisewarnungen. S wie Schlafschaf. T wie Toilettenpapier. U wie ungeimpft. V wie Virusvariantengebiete. W wie der Wendler. X wie Xi Jingping. Y wie YouTube-Joggena. Z wie Zoom-Dinner.

... die Langenscheidt-Jugendwortjury

A wie Atze. B wie Backfisch. C wie cool. D wie Dämlack. E wie Eimer. F wie Flachpfeife. G wie geil. H wie Horst. I wie Ische. J wie Jahresendfigur. K wie knorke. L wie Latte. M wie Macker. N wie Niete. O wie oberaffengeil. P wie Porno. Q wie Quartalsquarzer. R wie Rowdie. S wie Schattenparker. T wie Toilettentieftaucher. U wie Uschi. V wie Vokuhila. W wie Warmduscher. X wie Xylophon. Y wie Yeah. Z wie steiler Zahn.

*... Hausbesetzer*innen*

A wie Autonome. B wie Brandsatz. C wie Chaos. D wie Demoticker. E wie Ermittlungsausschuss. F wie filzen. G wie Gehwegplatte. H wie Hasskappe. I wie illegal. J wie Jugendgruppe. K wie Katchi. L wie Lauti. M wie Molli. N wie Normalo. O wie Opfermythos. P wie 1 Pimmel. Q wie Queerfeminismus. R wie Randale. S wie Soliparty. T wie Transpi. U wie unpolitisch. V wie Volxküche. W wie Widerstand. X wie X-Berg. Y wie Yuppie. Z wie Zecke.

... Drogenverkäufer

A wie Aceton. B wie Badesalz. C wie Crystal Meth. D wie Dope. E wie Engelstrompete. F wie Fliegenpilz. G wie Gras. H wie Halluzination. I wie Intoxikationspsychose. J wie Joint. K wie Ketamin. L wie Lachgas. M wie Muskatnuss. N wie Naloxon. O wie Opiat. P wie Psst, willste was? Q wie Quittensamen. R wie Rohypnol. S wie Stechapfel. T wie THC. U wie unterzuckert. V wie Vareniclin. W wie Wasserpfeife. X wie Xylol. Y wie Yakuza. Z wie Zusatzstoffe.

... den Swingerclub

A wie Ausfluss. B wie Busenfetisch. C wie Cockring. D wie Dildo. E wie Eichel. F wie Fellatio. G wie Gleitgel. H wie Herpes. I wie Intimspray. J wie Jucken. K wie Karnickelfick. L wie Libido. M wie Missionarsstellung. N wie nymphoman. O wie Orgie. P wie Petting. Q wie Quickie. R wie rallig. S wie Schwellkörper. T wie Tittenmaus. U wie ungeil. V wie Viagra. W wie Wichslappen. X wie X-Stellung. Y wie Yo-Yo-Spiele. Z wie Zungenkuss.

... Computeruser

A wie 01000001, B wie 01000010, C wie 01000011, wie D 01000100, E wie 01000101, F wie 01000110, G wie 01000111, H wie 01001000, I wie 01001001, J wie 01001010, K wie

01001011, L wie 01001100, M wie 01001101, N wie 01001110, O wie 01001111, P wie 01010000, Q wie 01010001, R wie 01010010, S wie 01010011, T wie 01010100, U wie 01010101, V wie 01010110, W wie 01010111, X wie 01011000, Y wie 01011001, Z wie 01011010.

DANKE!

Wer hätte gedacht, dass wir schon wieder nicht wissen, was kommen wird? Das Kapitel »Vierte Welle« wird viel länger werden, die Ampel verhandelt noch, und Wetten werden angenommen, mit vielen G die Zuschauer*innen unseres Vertrauens unseren Jahresrückblick auf der Bühne sehen werden können. 3G ist schon aus dem Spiel, 2G das angesagte Ding, 2G+ im Gespräch, und wenn alles schiefgeht, fallen wir wieder auf 5G zurück. Rien ne va plus, die Würfel werden fallen. Irgendwie wird das nächste Jahr kommen, wir können einigermaßen sicher sagen, dass es die letzten Milliarden Jahre lang genauso war. Das sagt auch die Wissenschaft, und wir glauben der Wissenschaft. Danke, Wissenschaft!

Einen herzlichen Dank an Sanjay, Svenja, Dietmar, Lana, Thomas, Gudi, Kerstin, Karsten und alle weiteren helfenden Hände, die unsere Rückblicke im *Comedyclub Kookaburra* so viele Jahre lang zum Ereignis werden ließen. Dort bringen seit Jahresbeginn andere Menschen anderes auf die Bühne, und so danken wir jetzt schon der *ufaFabrik* und der *Kunstfabrik Schlot*, beziehungsweise Tapani und John, dass wir dort in diesem Jahr »Auf Nimmerwiedersehen 2021« zelebrieren können. Hoffentlich wie geplant.

Mit Dank überschütten wollen wir die *Kulturfabrik Moabit*, für den erneut schönen Open-Air-Sommer und den heimeligen Bühnen-Schutzbunker im *Slaughterhouse*. Tina, Peter, Lars, Markus und alle anderen, Ihr seid einfach spitze!

Ach ja, und danke, Merkel!

Die Brauseboys

Die Brauseboys lesen jeden Donnerstag um 20 Uhr in der Kulturfabrik Moabit. Manchmal auch zusätzlich im Livestream. Alle Termine und auch sonst alles Wissenswerte über uns und unsere Bücher erfährt man hier:

WWW.BRAUSEBOYS.DE
FACEBOOK: BRAUSEBOYS
YOUTUBE: BRAUSEBOYSTV